玫瑰海棠

石金沙　费宇梅◎著

群众出版社

目录

CONTENTS

第一章

宅女是如何练就的

陶玉总是在想一个问题：一个人如果空虚，到底会是个什么样子？赖床不起？疯狂购物？要不就是拼命地给熟悉或者不那么熟悉的朋友打电话，约各种没有任何主题的饭局？再或许就是投入地做爱？毕竟翻云覆雨的畅快是那么令人神往。总之，要有点儿事儿做才不叫空虚吧。

陶玉更喜欢自己现在的状态——用当下年轻人时髦的说法，就是“宅”在家里。

家中的电话铃声一响，把正在聚精会神地看电视的陶玉吓了一激灵。她赶紧起身从沙发上下来，光着脚跑到对面的桌子旁边，接起电话来。

老朴从韩国度假回来，必定要找几个人搓几圈牌的。陶玉早就知道他打电话来没别的事儿。

“没有礼物别见我啊！”陶玉对着听筒说着，眼睛却瞟着电视机上停止的画面。

“哪次空着手了？要不是你老抻着，还用给你什么礼物啊！还不早就跟我一起双双飞了。”

“不贫能死啊！”这是陶玉数落老朴最多的一句话。

“快说，几点？”陶玉感觉有点儿凉，她没穿袜子，只用后脚跟挨着地板。

“还是老钱那儿，九点我过来接你。我晚上跟个律师一起吃晚饭，你要不要一起来？”

“得了吧，我不去凑热闹。不用接我，我自己过去。晚上见吧。”

挂上老朴的电话，陶玉很快又蜷缩到沙发里，继续按下遥控器的播放键，用最快的速度恢复到刚才的剧情里。她能每天连看十五个小时以上的韩剧，不吃不喝都行，只要有茶和烟就行。这半年，她越来越习惯每天窝在家里，终于不用往外跑、不用应酬了。“爱他妈的倒闭不倒闭，管它呢！”陶玉心烦的时候还是会这样闪念一下，然后就尽量找点儿事做，把那些烦心事儿岔过去。

陶玉也不知道她到底是想逃避大勇，还是想躲开和大勇共同合办的那个汽车修理厂，毕竟在那里有太多他们的爱恋与甜蜜，有那么多历历在目的生活记忆。哪怕是和大勇分手后的这四年里，陶玉还是勉强经营着厂子。多亏有老朴他们几个帮衬着。现在好了，她把它关了。确切地说是厂子支撑不下去了，倒闭了。陶玉觉得，她干得太辛苦了。更为关键的是，她的心累了。

又换了两张光盘后，陶玉终于起身走进洗手间。镜子里的她蓬头垢面。眼睛略有些浮肿她还算能接受，可那要命的黑眼圈让她实在是无语了。她一直保持用手托住脸那样的姿势歪靠在沙发上，现在她的左脸居然有了深深的褶印，即便她使劲儿在脸上来回搓也很难一下子恢复。她把头发梳成高高的马尾，这种发式其实已经不合适她的年龄，可她偏偏喜欢。她觉得把头发梳成这个样子，年轻了很多，洒脱了很多。她再也不用像以前那样，每天出门前要花二十分钟的时间盘头，再用各种高档的彩妆把自己那张本来就很白皙的脸勾勒一遍，好让自己在人前显得更加优雅。那时她的身份是内定的老板娘，后来是老板。

现在一切都不需要了。牌桌上那另外三个人谁不了解谁啊！老朴也许还会时不时地偷瞄她。老钱两口子除了牌桌上的东风八万能勾起他们的兴趣，其余的一概不关注。老朴，呵呵，要不就从了他？钱也不少，年龄虽然大了点儿，可这么多年他对陶玉痴心不改。陶玉总是逗他，说他岁数大，不配她。说实话老朴身边女人不少，但他总是有意无意地和陶玉开玩笑，说她是“南博万”。老朴对陶玉算是暗恋。哪怕心里再急，他也不敢对陶玉有所妄想。他们之所以能心照不宣地和谐共处，可能都是因为大勇吧。

“你们好啊，思密达！”

“再不来，老朴就接你去了。”

“是吗?”

陶玉风风火火地进了门，不停地跟大家贫着嘴儿，打着招呼，还故作娇嗔地冲老朴使眼色。老朴却不动声色，只是斜靠在沙发上看着她乐。

似乎随着陶玉进门的脚步，老钱媳妇就开始摆牌桌了。哗啦哗啦的麻将牌的碰撞声立刻充斥了整个房间。

“能喘口气吗? 半天没喝水，先给口水喝。”陶玉大声说着，好像在暗示谁去给她倒杯水。

“瞧你在家懒的，连口水都不喝啊?”

“我这不有大事嘛，这回的五十四集，终于看完了，要不我才不来呢，耽误工夫啊!”

陶玉指的当然是看韩剧这事。

老钱媳妇和陶玉你一嘴我一嘴地说着，老朴已经把茶水递到陶玉手边。“您请，思密达。”陶玉自然地接过茶杯，才把目光转向靠近的老朴。

“您这趟去还好?”

“嗨，每次还不都那么回事。看看家里的老人，顺便我也算休息休息。”老朴和陶玉此时的对话倒更像对台词，应该是说给另外两个人听的。

“您是每年都要去两次啊，透着您韩国有人。”老朴是朝鲜族，家中不少亲戚在韩国，近年来到韩国旅游度假开始火爆了，老朴飞来飞去的也就有了得天独厚的条件。

“你每天忙什么呢? 给你打过几次电话居然都关机。想与世隔绝啊!”

“我忙。韩剧太多了，哪有空啊! 关机了你这不也找到我了吗? 我倒想与世隔绝呢，正好逃离您这魔掌了。”

陶玉的语速越来越快，她已经很久没和人面对面地聊天了。她是用这种快速说话的频率来刺激一下自己目前的思维。她说话的同时还刻意地来回转动着眼球，似乎要彻底地从那些令人沉迷的韩剧剧情中摆脱出来，以免过会儿在牌桌上自己输得不至于太惨。

“麻星，朴哥，赶紧上桌吧。”老钱媳妇心急而又强忍着的那股劲儿实在是有点儿意思。

“别麻星了啊，现在我‘韩流’着呢。”陶玉嘴里这么说着，侧过身拉出椅子顺势坐到了牌桌前。

“什么规矩啊？我这老不操练好像都不熟了。”

“还是老规矩吧。”

“不行，我都多久没进项了你们不知道怎么地？减半吧。”陶玉在牌桌上失去的记忆好像找回来一些，“我今天可是奔着创收来的啊！”

陶玉喜欢打牌，那还是跟大勇在一起时养成的毛病。那会儿，不管他们的生意好或不好、忙或不忙，他们都离不开牌桌。疯狂的时候除非去厕所必须得离开一会儿了，剩下的时间都是四个人面面相对。如果有多余的人在旁边，那就会给他们沏茶递烟。大家喜欢跟陶玉一起打牌是因为她的牌风比男人还干净利索，从不磨磨叽叽，更没有摔牌骂掷子、输钱吊脸子的毛病。输赢对她来说从来都不重要，总之一句话，那就是大气。

老朴坐在陶玉的对家，似乎只要是他们四个人的牌局，这座次就成了固定的。这还是老朴提出来的，是为避嫌也说不定。但老朴知道，这样他就可以随时不露声色地盯着陶玉看。这个角度的陶玉是最漂亮的。老朴时不时地再抽上一口香烟，烟雾后面低垂眼睑的陶玉更是令他觉得缥缈动人。即便这么分神，老朴几乎每每都是赢家。没办法，久经沙场的战士了。老钱和老钱媳妇倒也开心，他们虽有点儿小输赢，但两口子总体上还是收支平衡的。陶玉输得多，老朴总想在散局后送她的时候把钱还给陶玉，可又觉得这么做把他们两人都瞧小气了。于是，他就给自己个约定：每次牌局过后还会连着一次跟陶玉的饭局。

乌烟瘴气地战斗到凌晨五点，仍然毫无悬念地结束了老钱夫妇一直挂心的这场牌局。陶玉早就是个牌架子了，昏昏欲睡。

抽烟的抽烟，上厕所的也得挨个来。老朴悄悄地出了门，没过一会儿又回来了。大约又过了十分钟，老朴跟陶玉出了老钱夫妇家的门。

陶玉几乎是闭着眼睛就上了老朴的车。她丝毫没有察觉车窗上的哈气少了许多。老朴刚才已经下楼来把车轰热了。十一月的北京白天已经让人够受的了，这后半夜更是可想而知。

陶玉裹紧大衣蜷缩在副驾驶的座位上。

“你睡会儿吧，一会儿到了我叫你。”

“嗯。”陶玉依然闭着眼睛，听着老朴在耳边这么说着，更像是享受着他的这份关心，她忽然觉得很温暖。终于有个男人的声音，这么温柔又这么自然地出现在她的耳边了。

车子一直平稳地开着。陶玉虽是闭着眼，但微微颤动的眼皮已经暴露了她根本没有睡着。陶玉侧了一下身子，顺势瞟了一眼开车的老朴。老朴专注的神情略带一丝兴奋。

此时的他正盘算着一会儿到了陶玉的楼下他该怎么办。陶玉还是像往常一样拒绝他，还是会有他意想不到的举动。自从有了那第一次和陶玉的床第之欢，他这心里就再也放不下了。他无数次地回味着当时的情形。那次他表现得很不出色，起码他自己是不满意的。因为一切都来得那么突然，他根本没有作好准备就上了陶玉的床。他甚至忘了他和她是谁最先有了那个意思，总之身体里逐渐燃起了不可控制的欲火。他唯一还能记得的，是酒。

老朴的车渐渐地停了下来。

他没有熄灭车子，也没有叫身边的陶玉。双臂就这么搭在方向盘上，他似乎要等着陶玉自己醒来。

“不是说到了叫我么，怎么不吭声啊?”她依旧闭着眼睛。

老朴侧过脸来望着陶玉并不说话，似乎在等着什么，又似乎不知道该怎么回答她。

陶玉并没有着急起身上楼，只是微微地往左侧了一下，算是和老朴有了交流，可眼睛还是闭着。

“还是不让我上楼?”老朴已经得出了今天的答案。

“屋里乱得连我都不愿意回去了，你上去干吗?”

“本来挺利落的一人，怎么把自己的日子弄成这个样子了。”老朴像是自言自语，又像是轻声地数落着陶玉。

“怎么都是混日子呗。”

“这样不行的，你已经这么混了半年了吧。什么事都该过去了。日子还得过，人不能没事干啊，你说呢?”老朴耐心地说着。

“不干。什么都没兴趣。今天要不是你非拉着我玩牌，我连这个都不来。”

“看来，连玩牌都挑不起你的兴趣了。”

陶玉没吭声，车内顿时安静无比，似乎快要能听见他们彼此的心跳和呼吸声了。

“嗯……”陶玉拉长了声音，像是回答着老朴刚才的话，又像是深深地叹着气，“是啊，谁像我这么背啊！快要组建的家没了。后来，所谓的事业也没了。累了。什么都不想做了，也没有精气神干什么了。现在这样也许挺好，吃饱了混天黑。”

他们的话题随着陶玉的自嘲，再一次陷入了尴尬。

老朴知道今天没机会了，但还是尽自己所能让眼前的陶玉打起精神来。

“过一段给你介绍个事做做，你看怎么样?不管怎么说也是大学本科呢，能力也不缺，就看你想不想干了。”

“不干。”

陶玉的回答是那样肯定。车内的气氛再一次被打压回安静。

“行，再议再议，好吗?我是真不能看着你这么下去了。今天回去先好好睡个觉，回头我约你，老规矩，请你吃饭。”

陶玉像是得到了通行证，终于睁开眼睛，看了看老朴，又往前探了探身，活动了一下双腿，准备下车。

“行啦，你就别费神了，让我自生自灭去吧。”

“行，行，先不说了，回头我找你。上楼去吧。”

陶玉机械地叮嘱老朴慢点儿开车，然后扭脸去开车门。

“这个给你的。”老朴从车后座拿出一个方盒子递到陶玉面前。

“美容仪。那边买的。你不就喜欢这些么，拿着。”

“我现在连这个心思都没有了，不过还是谢谢你。”陶玉接过老朴的礼物，看不出任何欢喜，有的只是礼貌而已。

目送着懒洋洋的陶玉上楼，看着她的灯亮了，老朴这才驱车回家。

陶玉是老朴多年来一直暗恋的女人。她漂亮，热情，能力强，但不失小女人的温柔。他也搞不清自己为什么就是喜欢和陶玉在一起，哪怕只是像今天晚上在车里这样，陶玉几乎就没正眼瞧过他，但他还是想去关心她、照顾她。好在现在他们之间已经没有了大勇，他终于有表达的机会了，可陶玉目前的状态令他担忧起来。

陶玉昏昏沉沉地上了楼，走进自己那一片狼藉的小窝。这里真不像是个女人的家了。从里到外，衣服几乎遍布房间的每一个角落，倒是便于她挑选。那些还算不错的家具上的尘土足以说明她已经很久没触碰过它们了。茶几、床头柜上分别摆放的烟灰缸里，密密麻麻的都是烟头，而烟灰却又洒落到外边。饼干的包装袋和空的薯片桶在这个家里也随处可见。

陶玉无视着眼前的一切，顺手将老朴送她的美容仪丢在展示柜上，又将外衣和手包胡乱地扔向沙发。她走进卧室，拿起一件粉红色的浴衣，闻了闻，直奔浴室。她要赶紧洗个热水澡，睡上一觉。

刚从浴室出来的陶玉，面庞宛若桃花，淡淡的浴液香气随着她的体温散发着。她那婀娜的身段被粉红色的浴袍包裹着，曲线分明。高挺的胸部和翘臀让陶玉有着一般女人所不具备的那种性感与妩媚。她坐在梳妆台前往脸上和胳膊上拍打着爽肤水和护肤液，习惯性地端详着镜子里的自己。当然，最让她满意的还是自己那双清澈的眼睛。这双眼睛曾经让大勇那么迷恋，让其他男人与它对视后不忍错开自己的目光。而陶玉的这双眼睛里就从没容下过别的男人。她无怨无悔地把自己全部托付给了大勇。大勇就是她的一切，是她的支柱，是她的生命。她曾经那么幸福、那么安逸地过着别人羡慕的生活。可眼前的镜子里只剩她孤零零的一个人了。失恋是多数女人都曾经历过的，但对于一个三十多数的女人、对于一个全身心爱过近十年的女人来说，则是致命的打击。她依然可以正常地吃饭、交友、工作，但她已经失了魂儿。

她居然又不知不觉地窝到沙发上了，随手打开了电视和 DVD 机。她像是一个贪婪的吸毒者，随即进入了韩剧的新剧情。

第二章

爆肚还是那个味儿

高强一迈进上岛咖啡厅的大门，一股浓浓的咖啡香气便扑面而至。这里比其他地方更令他感到亲切，他喜欢这里弥漫着咖啡香气的暖意。更主要的是，他觉得这里是个谈生意的好地方。

高强随着服务员来到包间。因为他是这里的常客，所以就连服务员领位的脚步都变得更加轻盈。

“先白水，待会点儿。”

高强不等服务员说话就吩咐上了。也许是因为他太忙了，不愿意耽误时间，高强的手机铃声就一直没有停过。

“钱女士啊，不好意思，刚才开车，不方便接您电话，现在可以了，您请讲。”高强一手接过服务员送上的水，一边认真地听着电话。“嗯，嗯。那对方现在是什么态度？好的，我知道了。这个虽然有点儿难度，但我们会尽力的。我们本来就干的是没事挑事的活呀！呵呵。”高强停下来，听对方讲了几句。“虽然这案子是我负责，但您也看到了，马律师也亲自交代了，放心。对方没再找您吧？行，行，我知道了。我们先这样准备，有什么情况，您随时通知我。对，对，犯不着睡不着觉，哈哈哈。”

高强在拨通第四个电话的时候，老朴随着服务员进来了。他们俩用眼神交流了一下，算是打招呼。

老朴坐下来，没忙于脱去羊绒外套，似乎想先适应一下室内的温度。

“张主任，您好，您好。高强。那回跟您说的那个学生您看？嗯，嗯，家是哈尔滨的，对。这不都知道咱们这升学率高，进重点概率大嘛。嗯，嗯。您一定帮我想办法啊。赞助费也好说。嗯，嗯。那我等您信了啊。”

随着高强眉飞色舞的表情不难猜出，他电话里的事还算顺利。

“忙啊，高大律师。”随着高强挂上电话，老朴开腔和他打招呼。

“您来了。不好意思在讲电话，喝点儿什么？”高强往前欠了欠身体，觉得刚才打电话多少对老朴有些失礼。

“随便吧，就这儿的咖啡吧。”老朴答应着，随后才起身脱掉外衣，从兜里掏出香烟和手机放在桌子上，随即把衣服挂在衣架上。他点上烟。

他们寒暄着，有一搭无一搭的话题让人觉得其实根本用不着来这里端着咖啡面对面地聊。对于老朴来说，他更像是来这里休息的。他懒散地将人整个靠在沙发里，双腿尽可能地伸向前方舒展着。

“咱的事您觉得怎么样啊?”高强把谈话内容引向了正题。

“你这边呢，定下来没有?你们律师事务所能出这费用吗?”老朴又从烟盒里抽出一支烟，用手中就要燃尽的香烟对着火，继续吸着第二根。

高强心里明白，忠诚律师事务所现在要做的这个项目，老朴是他们主要的合作伙伴。当然，他们看重的是老朴和交通支队的人脉关系。

“这件事按说是好事，但不管进入哪个交通队，他们都不会有这笔开支。你们有多少钱?又能坚持多久啊?”

“老哥，钱这方面您不用担心，我们预算过了，开办费没有多少钱，关键是后面我们能找到得力的助手，就能缓解压力。北京每天有这么多交通事故，估计不会用太长的时间。现在就看您这，得帮着联系上他们主要负责的头，让咱这项目能进去。其他的我和马律师来办，他主要负责司法口这边的事，我主抓这边。您看呢?您要是能加入进来，咱可就算如虎添翼了。”高强这伶牙俐齿的功夫了得，他恨不得一口气把想说的话说完。

“这边按说没什么问题，本来就是好事。我想，有头脑的领导支持还来不及呢。应该问题不大。关键是打哪盈利啊?在商言商，你说是吧?”在商言商，这是老朴的座右铭。

上次和高强谈完后，老朴一直在想这个问题。忠诚律师事务所自筹资金，要在交通口设立事故调解点，往大了说利国利民，往小了说于情于理都是好事，莫非他们是想做公益事业?如果是这样，他介入进来又有什么必要呢？在商海这么多年，老朴自己也参与过助学什么的，可那都是他发自内心自觉自愿的，而且是安静地一个人去完成的。助学那点儿钱对于他来说，无关痛痒。老朴不想干点儿事就弄得满城风雨。一是他不想拿出太多的资金去做这些；再有就是，他从心底里看不上那些所谓公益背后的事。

高强就喜欢老朴这样的人。五十岁出头的老朴从内到外散发着强大的气场，透着一股子成熟男人的魅力。他身材魁梧却又不失灵活。深邃的眼神总会引起他人想要窥探的欲望，似乎那双眼睛的后面还有一道你看不到的目光的弧线。如果细读这双眼睛，你不难看到沧桑、坚毅、进攻与柔情。所以，在他的周围，有伙伴，有金钱，有对手，还有情人。他们背地里还拿老朴的姓氏开过玩笑：人家姓朴，可生意上从没“瓢底”过；姓朴，可从不胡来，那个“嫖”人家不沾，上赶着的还应付不完呢。老朴最大的优点就是能合理地分配自己的时间和情绪。所以，高强找到了自己在老朴这里的位置。

高强从骨子里就认为，商人看重的就是利益。一切以利益为出发点，什么事就都好办了。只要能让他挣到钱，没有通不了的关系。特别是像老朴这样的人，社交面广，人脉多，办事能力大家有目共睹，再有就是他做事比较大气稳妥。

老朴依然歪靠在沙发上，静听着高强把事情讲得再清楚些。其实，他的心里早已经在盘算这件事了。但有一个理由是别人不知道的，是因为陶玉。

老朴对陶玉，其实早已超出了暗恋，却总是处于单恋的层面。但这么多年了，他却始终、也只能这么苦恋着、暧昧着。陶玉是活在他身边，更活在他的精神世界里的女人。这么多年来，他看着陶玉对大勇全身心地投入，这让老朴充满了羡慕与酸楚、向往和遗憾。同时，他对陶玉也多了一份尊重。这是一份发自男人心底的尊重。

陶玉就是这样，总会时不时地出现在老朴的脑海里。

高强略微提高的声调，把老朴的思绪拽了回来。

“我们之所以有了这个机会，是因为现在司法口有这个需求。没办法啊，社会压力大，矛盾就越来越多，大事小事诉讼得太多了。出台一个民间调解当然是一举两得的好事。上头还能有政绩。所以，咱的机会来了。”高强谈起这些就像是获得了尚方宝剑一般雀跃。他似乎已经看到了，他们曾经设想的美好远景变成了现实。

“干什么不需要钱啊！钱呢？费用打哪出？”老朴依旧关心着这个问题。凭他的经验，他不相信一个自负盈亏、合伙人制的律师事务所能高尚到用自己的钱去做这些事。这不仅仅是出点儿开办费那么简单的事。现在是什么年代了？连拾废品的都恨不得市场化运作了，如何生存下去是所有人都在考虑的实际问题。

“马律师通过关系，已经从上面拿到了批件，全权委托我们所在全市交通口搞联合试点。我们的关系够意思吧？只是源头有了，还得有大哥你这样的能人配合不是？咱联手了，那才是强强联手啊！”

高强再次躲避着有关资金的问题。老朴看在眼里了。

“既然你这么胸有成竹，我回去给你试试吧，找找有关部门先看看。等我信吧。”老朴觉着，高强在有意排斥着自己，又希望自己能成为他的一枚有用的棋子。

“自己嫩着去吧！”老朴心里暗笑。

老朴把车开到交通支队附近的马路边停下等章占军。虽然支队的办公地就像老朴的外挂办公场所，但是他实在是懒得进去。见到谁都得废话寒暄，他还不如在车里等着章占军。

他和占军是发小，也曾经是一个胡同的邻居。可以说他俩是一起撒尿和泥长大的。等到了两人去云南插队做知青的时候，老朴可以说就只有章占军这么一个朋友了。那时候，老朴还是个身体柔弱、似乎发育尚未完全的青年。何况他那令人不齿的出身，就像一块永远不可能从他的脊背上搬移的铅块，压得他喘不过气。在老朴的那段记忆里，没有女知青想去多看他一眼。男知青也都是三五结伴的，除了出工、打架，回来就是谈女人。他跟谁都走不近。在开展批评与自我批评的小组会上，老朴总是处于自我批评和被批评的地位。他总要反思自己一周来给当地的村民行针开药时是不是走神了、手抖了。哪怕没有，他也必须在会前找出些瞬间的思想邪念，然后放到桌面上供大家批判。因为，只有他具备里通外国的可能。他会朝鲜语，会写那种怪七怪八的文字，他有叛国的便利条件。大家会不约而同地认为，在他的心目中，伟大领袖毛主席的地位极有可能是在金日成之下的。所以，这就是他罪恶的深层根源。

当村寨里的老人和孩子知道了知青里有他这么个人时，渐渐地就常来找他。老朴的外祖父家是有名的中医世家，这些在政审材料中是不可以疏漏一个字的。开方配伍，这些对老朴并不陌生。知青连为了对他进行最深刻的教育，特意批准他做了赤脚医生。老朴心里是又疑又惧，虽然年轻，但是他还是知道深浅的。哪怕寨子里的人是正常死亡，那都有可能成为他想颠覆我党我军政权的铁证。老朴每天背着那个磨得发亮的医药箱在各个村寨行走。他把小木箱外边那个红十字擦得很鲜亮，定期还会用红漆涂画一次。因为他浑身上下，似乎只有这一抹红色还算说得过去，那就像是他对毛主席的一片红心，老朴必须让所有的人看到。

在云南那段令人揪心的没头的日子里，只有章占军会和他在一起。

“占军不管在哪，都是自己过命的哥们儿。”老朴心里这么想着，再次看表。占军已经迟到近二十分钟了。老朴习惯了。

穿着便服的章占军快速地上了老朴的奥迪车。

“在屋里不觉得，这一出来还真他妈的冷。”章占军打了个寒战。

玫瑰海棠

“去哪?”

“哦，你问我? 我哪知道去哪儿啊。爱去哪儿去哪儿，反正今归你，走吧您呐。”

老朴知道占军难得闲在这么一次，毕竟找他的人、求他的人、请他的人太多了。

“烧烤? 还是老地方?” 老朴发动了车子。

“烧烤不吃，那天他们刚请完我，忒贵了。爆肚，爆肚。”

老朴给上一脚油，向他俩的老聚点开去。

“陈记爆肚店” 开在北京南城的一条偏僻的小胡同里，不显山不露水的却总是坐满了人。乱糟糟的爆肚店从来就没有因为环境影响过客流量。一盘盘鲜嫩的爆肚，随着后厨故意敲打出来的声响被伙计急匆匆地端上每一个餐桌。内行的食客都会趁热蘸着“陈记” 独特的小料儿有滋有味地吃。老朴和章占军早就是这里的常客了。老板也知道他们的身份，就算客人多到排队等座的饭口，只要他们来，每次也都会有个小单间给他们用。

北京男人都钟爱的二锅头当然也是老朴和章占军的最爱。一瓶二锅头酒拿上来，很快就被老朴用最大号的玻璃杯分别倒满。还没等他们点的凉菜上桌，哥俩就端起酒杯像喝凉白开解渴一样地深深地喝了一大口。难得哥俩这么轻松地聚到一块，关键是章占军太忙。

油炸花生米、拍黄瓜、凉拌豆腐丝，被服务员一起端了上来。老朴觉得这几个菜和占军在一起吃最可口，最是味。只要他俩一起吃饭，当然是没有旁人的情况下，不管他俩谁点菜几乎都会点这几个既便宜又老掉牙的凉菜。占军总是说，过去家里穷，能吃到这几个菜那就像是过年。所以现在，就算吃再多的什么“海陆空” 全席、满汉全席，他们也觉得吃过就忘了，只不过就是抹抹嘴儿的事。而这几道最平常的小菜却一直被章占军这么偏爱着用来下酒。他也说过，还得要看和谁喝。

“你上回给我的那双鞋我穿着还挺合适。”老朴对章占军说。似乎他们每次见面的谈话都没个主题，都是这么东拉西扯的。谁说男人在一起就不扯闲篇啊，他们也不见得总把国家大事和世界局势挂在嘴边。

“估计你穿还行，我穿着有点儿紧。我发现我现在上岁数了，个头抽吧了，脚却大了。那天我媳妇也这么唠叨。她说她原来穿三十六号的鞋，现在穿三十七的都不觉得大了。不过，她说了一个理由不知道咱老爷们适用不适用。”

“什么理由?”老朴夹了一筷子豆腐丝，接着占军的话问。

“她说她原来老穿高跟鞋，那脚底板是这样弓着的。”章占军一边说，一边把右手的手掌做了个小山包的样子，以示女人穿高跟鞋的脚就是那样的，然后又慢慢伸平了手掌。

“你看，这岁数大了，穿平底鞋多了，这脚弓子就平了。所以，个子就变矮了，脚变大了，走路倒踏实了。”章占军一边说，一边直乐。向来都是一脸严肃的他，笑起来还是挺有亲和力的。

“你真能胡扯，这条，老爷们肯定不适用。”

“别说，那鞋皮子还不错吧?也就是给你，咱哥俩不介意，别人我还真不敢送，哪他妈有送鞋的呀！那不是‘送邪’呢嘛。”

“不介意，不介意，我还等着临死的时候咱俩互送骨灰盒呢。”老朴笑着，顺势拿起酒杯。章占军也跟着端起来，“去你大爷的！”一口二锅头下去，他们感觉那叫一个舒服。

两盘爆肚上来，没一会儿工夫就被这两个老爷们报销了。他们就这么东聊西扯的，不知道都说了些什么。今天老朴找章占军是为了跟他提提那件事。

“手头有个事，看看你能不能帮一下，也是个好事。”老朴说着，又喊服务员要了一盘爆肚。

“你这又是管谁的闲事呢？又铲单子吧？”

“这回不是。”

“真不容易。我看，每年给你二百分都不够使的。”

“铲分是下边大队的事，你看，我现在还找你吗？”

“你还来劲了吧！你是不找我了，下边那些人谁不知道你是我朋友啊！”

“那没辙，我也不是每次都跟他们提你啊。”老朴坏笑着。

“啥事，说吧。”章占军低头吃着，等着老朴说他的事。

老朴把高律师和他谈的事跟章占军念叨了一遍。别看章占军刚还说自己岁数大了，但五十来岁的男人，也正是干事出成绩的时候。他这个交通支队的副队长在交管部门那也是有一号的人物了。工作踏实，待人忠厚，这些都是他为人处世的法宝，所以他才能稳步晋升。再有就是他知道自己没背景，胆小，还算廉洁。

“你能少掺和这些事吗？你公司那些个工程还不够你忙乎的，你哪那么大闲心啊！你赚的钱还不够啊？”

“这也算是个项目吧。再说也不用我费什么心思，就看你这行不行了，要行的话，你就别管了，剩下的我办。这就是牵个线的事。”

“你这可不是牵线了，这是驻扎在交通队了啊！就跟给我多了个部门一样，还要设好几个点儿，这不是小事。”

见章占军这么说，老朴没再说话。他太了解章占军了。能办的或者努力能办到的，占军一定会办，老朴一点儿也不担心。

“按你说的，这项目有司法口的批件，是吧？”

“有啊，就是因为现在司法压力太大了呀。民间调解政策其实早就有了，不过落实的接口少，现在交通压力也这么大，这不两好换一好吗？”

“他们是好了，可我们交通口有调解这块儿。你再来个民间调解，那我的人干吗去啊？让他们闲着混日子，还是下岗啊！”

章占军嘴上这么说着，心里已经开始盘算老朴的这个事了。

老朴不是傻子，他已经知道这件事八九不离十了。凭他对章占军的了解，他有数了。章占军对别人说的提议，他如果表现得越热情、越赞同，到最后合作的可能性却几乎没有。对外人的提议，如果他默不作声倒兴许有点儿可能。但对他老朴就不一样了，章占军越是跟他掰扯、越是唠叨，那这事估计有门。男人奇怪吧，特别是他们这个岁数的老男人更费解。

“快年底了，你们特忙吧?”

老朴把话题岔开了，又开始所谓的闲聊。

“就怕过年啊！现在倒没有黄世仁过年追债了，可这年底真是‘追命’啊！大案、命案太多，我们早就麻木了。唉，可你说这谁家出了这事儿，这年可怎么过？我们是天天讲，周周查，月月罚，可年年还不都这样，越到年底案子越多。要我说啊，这人有时候真他妈可恨，就跟作死似的。”

“我可知道你，干了这行，就没消停地过过年。”

“唉，过年？那真是小时候的记忆了。那会儿多棒啊，多有过年的味啊！还记得咱胡同那几个木头电线杆吗？都让咱用炮仗给炸成啥样了？全是黑窟窿眼了。那会儿可真有意思，穿着空心棉袄、破绒衣就在胡同里疯。有点儿爆竹且不舍得放呢。那还得是家里条件好的才给买点儿。那会儿别说汽车了，就是个自行车谁舍得放当街啊。现在过年对我来说哪有过年的味儿，全是血腥味儿了。唉……”

“得，别说了，吃爆肚吧还是，就这味儿没变，还是小时候的味儿。”哥俩又端起酒杯喝了一大口。

喝干了一瓶二锅头，老朴和章占军又各自来了两瓶啤酒。章占军数了数桌子上盛爆肚的空盘子，“四盘，到位。吃得真美。”章占军和老朴都有点儿晕乎乎的了。脸上泛着红，轻飘飘地起身往外走，章占军回头跟老朴商量着：“还用我认识的那个代驾吧。你就用我的卡，便宜不少呢。我打车走了。回家睡觉。”

“等会儿送你呗?”

“不等了。”

老朴把章占军送上出租车，转身又回到店里，坐下来喝茶，等着代驾的人来。

第三章

三百块钱的纠纷

老朴终于说动了陶玉，答应去京中交通队的调解站上班了，去做一名编外的调解员。

虽然陶玉有那么多的不情愿，但禁不住老朴的死磨硬泡。陶玉觉得，闲着也是闲着，既然是老朴参与的项目，他又没人手，就暂时帮他一把吧。何况老朴答应，一找到人就替换她。于是她从老朴那里拿过很多法律书籍，准备恶补。

一切都在老朴的掌控之中。他马不停蹄，终于落实了跟交通队的合作——在京中大队建个试点儿。老朴踏实了。至于高强和马律师那里，他觉得不值一提。老朴在吊起了他们的胃口之后，高强不得不跟老朴交了实底。

“我就说你们这些老油条怎么能干无利起早的事啊。行，是个买卖。”

于是，对于忠诚律师事务所来说，一通百通，万事大吉。他们就等着上门的案子了。

老朴又恢复了以往的状态，桑拿系列之后又约了牌局。这次他没带陶玉。

陶玉在家开始了各种法律法规的学习。不知是好奇，还是出于本能的一种责任心，她十分认真。再有就是她不想让老朴在合作伙伴那里丢脸，毕竟半个月后的考核她一定得通过。老朴投了钱，搭了关系，她得帮他。这么多年，特别是这半年来，老朴没少关心她。她觉得自己这回可以帮到他。

陶玉一早就起来梳洗，还画了淡妆。她挑了一身比较正式的衣服换上，对着镜子左看右看。她要让自己看起来职业一些。今天要去律师事务所参加考试，那些法规虽然谈不上烂熟于心，也早已被她背得差不多了。又开始正式接触外界了，她还是有了点儿小激动。

忠诚律师事务所在 CBD 的一幢豪华商务楼的八层。陶玉被前台温和的小姑娘带到一间会议室，里面已经来了一男一女两个年轻人。他们看见陶玉进来，面无表情地抬眼望了一下，然后又低头看自己手里的书。陶玉猜想，他们也是来参加考核的。

一位四十岁出头的中年男子，面带微笑地走了进来，拉出椅子坐在他们的对面。

“各位好啊！虽然没见过面，你们的个人资料我却已经看过了。我姓马，是这家事务所的合伙人，也算是咱们今后这个工作的负责人，还有一位高律师也是。他可能会和大家接触多些。我们都是为了一个目标，就是把我们之后的工作开展好，希望大家精诚合作。毕竟，我们这项交通事故的调解工作是非常有意义的。往大了咱不说，就说是一个普通公民，我们能为别人举手之劳做点儿好事，做点儿实事，这也是我们的价值。现在，它还是我们的责任，也是我们的义务。”

马律师语速平稳，吐字清晰，说话的同时扫视着对面的三个人，似乎要把他说的每一个字都打在对面人的脸上。微笑并不能掩饰他的强势，他的语气也是柔中带刚，让人不由得不跟着他的话语进行着最快速度的思维。陶玉感叹着眼前这个人的干练与精明。

“我简单介绍一下这个项目的起因。”马律师直入主题。

“随着社会的发展，随着竞争的激烈，老百姓的生活压力也逐渐增大，与之带来的社会矛盾和人与人之间的矛盾也凸显出来了。大家的维权意识在逐渐增强，这些都是社会进步的表现。但是，现在司法机关的压力也就显现出来了。国家出台民间调解可不是近几年的事，建国以后就有了，只是现在社会的各行各业更加需要罢了。你们都看过电视上的这个调解室、那个调解室的节目吧？这些都是在通过不同的渠道和平台，缓解人与人之间的各种矛盾。那咱们说，我们要开展的这项工作是多么有意义啊！”马律师滔滔不绝地说着官话和套话，像是在召开一场动员大会。虽然只有三个听众——还是面无表情的听众，却丝毫不会削减他的激情。

“我们今后就是要在工作岗位上充分利用我们的法律知识，特别是交通法规方面的知识，给当事人双方调解交通事故中的矛盾，帮他们尽快解决纠纷、化解矛盾。人生在世谁都有需要别人帮一把的时候，有的时候多一些理解，多一些忍让，本来不愉快的事也许就过去了。我们的工作就是这样的一个疏导工作。我个人觉得这是一项于人于己都十分有意义的工作。可话又说回来了，当事情真的不能调和的时候，你们也不用担心，还有我们这些人作大家的坚强后盾呢，还有国家的各项法律给大家作保障呢。所以请大家放心努力地工作就行，其余的由我们来解决。”马律师不愧是一位资深律师，他所说的话会潜移默化地直入你的心扉，既能让你有跃跃欲试之感，又给你做好了后续的一切完善工作，简直是无懈可击。

“至于各位的工资待遇和其他具体的任务要求，作为隐私我不在这里讲。接下来的时间里，会有高强律师和大家逐一沟通。总之希望大家作好充分的准备，投入到这项有意义的工作当中来。”

“工资可以算隐私，任务要求算什么隐私啊？真逗。”陶玉这么想着。

马律师后面的话，陶玉确实没再细听了。因为他给每个人发了几张纸，上面印有相关的法律条款的考题，也无外乎是对错选择题。只听到马律师说这算是开卷考核，然后就匆匆结束了今天的议程。就这样结束了陶玉这半个多月来的精心准备，就这样获得了调解员的资格了？陶玉有点儿蒙。

这一年的春节，陶玉捧着各类法律书籍，过了一个学习型的长假。

春节过后的三天，陶玉带着忐忑的心情迈进了京中交通大队的大门，走进了大队办公楼东侧的一间小小的平房。“人民调解室”的小铜牌告诉陶玉，这里就是她今后的工作地点了。这有点儿出乎她的意料。

房门是开着的，陶玉探头往里看了看，有股霉味儿，有点儿潮气。里面已经有了三张办公桌和三把椅子。屋里显得空荡荡的。陶玉拿起门后边的笤帚，又往地面上撒了些水，为的是不让厚厚的尘土扬起来。她开始打扫，也开始了这第一天的工作。

屋里收拾利落了，还只是她一个人。她知道那两个年轻人跟她同在这里工作，算是一组，可这会儿一个也没出现。她只好坐在椅子上往大队的院子里看。身穿警服的交警们各个都显得忙忙叨叨的，同事间相互打着招呼，但没有多余的表情，貌似这种短暂的交流在工作时间只是一种形式。几辆警车也是进进出出。院子里有几位男警官在抽烟，陶玉透过打开的门观察着他们。他们依旧没有太多的动作和语言，倒是腰间别着的对讲机时时发出声响，那吱吱啦啦的交流电的声音实在是刺耳。警官们任凭对讲机就这么响着，只有他们自己知道对讲机里面传出的信息哪一句才和自己有关。陶玉很难把在车水马龙的街上看到的指挥交通的交警们和眼前的这几位挂上钩，好像一切都变得安静下来了。她有点儿不习惯。

一位矮个子戴着护耳罩的男人探着头，看看像雕塑一样坐着的陶玉，又迟疑地抬头看了一眼门上的牌子，小声地问陶玉："这处理交通事故?"

陶玉被门口的人的问话吓着了，她起身，犹豫地迎了过去。

"哦，是。哦，不是。"她语无伦次，不知道该怎么回答。

"哦，我不是。你问问警察吧。"陶玉冲对面努努嘴，示意来人去找院子里的警察。

那人没再多看陶玉一眼，头也不回地走了，去找对面站着抽烟的警察询问了。

乔桥戴着随身听，穿着一身耀眼的白色休闲装出现在陶玉面前。他像一匹吃食的小马，嘴里不停地嚼着口香糖。"怎么这么吊儿郎当地就来了，穿成这样不冷吗?"陶玉心里咯噔一下。

"来啦。"陶玉毕竟年龄大些，望着眼前的这个小伙子，她还是主动打了招呼。

“嗯，来了。咱们面试时见过哈。怎么称呼您啊？”小伙子倒也挺大方，说话也有股子冲劲儿。

“我叫陶玉。”

“我姓乔名桥，乔桥。”小伙子特意把这两个字的二声读得特别清晰。

“咱这算是上班了？没人管咱啊！咱们干吗呀，现在？”乔桥一边发问，一边环视着屋里的摆设。三张办公桌分别摆放在三面空荡荡的墙壁前面，相互各不挨着。其中一张桌子正对着门，另一张侧对着门。乔桥主动走向第三张桌子，并拉出椅子。这个位置相对比较隐蔽，从外边是看不到坐在这个位子上的人的状态的。但身高足有一米七八的乔桥只要坐直身体，往右探探头就能透过窗户看到院子里的情况。“就坐这了。”乔桥给自己确定了办公的位置。

“大姐，您给关上门吧，这屋暖气看来不热，您不觉得冷啊？”陶玉被乔桥无意地指使了一下。

“刚才屋里有股味儿。”她想都没想就过去伸手关门。

“别关别关，是我。”

一个娇滴滴的声音随着就要关上的房门传进来。

“你们都早到了。我来晚了，不好意思啊。”进门的姑娘就是陶玉和乔桥在面试时见过的那位。那天在忠诚律师事务所参加考核的三个人，终于在这里凑齐了。

他们三人彼此作了自我介绍，后来的姑娘叫何佳佳二十三岁，乔桥二十八岁，陶玉三十八岁。何佳佳是无锡人，乔桥和陶玉是北京的。

“这就是咱们工作的地方啊？这叫什么呀？什么都没有啊！”何佳佳从进门一直就没动地方，虽然屋子里很空，但是她好像找不到自己合适的位置。她更像是一位访客。

“你坐哪个位子？”陶玉询问着何佳佳。

“我就坐这吧。正对着大门的位子肯定是主座呀，我可不坐那儿。陶姐，你岁数大，你坐那儿吧。”何佳佳赶紧把背着的书包摘了下来，放在她选好的桌子上，让陶玉没了选择。

“这也不能什么都没有啊。高律师今天也得过来吧？电脑、电话最起码得有吧？”乔桥唠叨着。

“那是肯定的，我估计，他最晚下午也到了。要不咱们给他打个电话问问？”

屋子里的三个人就这么你一句他一句地说着，最后还是乔桥拿出手机给高强拨了电话。陶玉也早就有高强的手机号码了。上班的前两天，高强还约她见了个面，当然老朴作陪。那天谈话的主要话题是马律师谈到的“个人隐私”。陶玉只记住了一点：互相之间不打听。

大家隐约能听到乔桥的电话里有“嘟嘟”的响铃声。

房门被人推开了，手机的彩铃声也进了屋。

怀抱着一堆办公用品的高强出现在大家面前。

“挂上吧，我来了。快接一下。”陶玉帮忙接过他手中的东西，也不外乎是些笔、本、纸张什么的。三份同样的办公用品分别摆放在三张桌子上，立马就不显得那么光秃秃的了。

“下午给这屋连电话，配电脑，我跟队里谈好了，大家在这等着就行。”

陶玉觉得，高强应该是和每个人都单独见过面了。他们彼此和高强之间都显得不陌生。

“没事大家就多熟悉熟悉业务，看看有关方面的书籍，大家不是都有书么，没事多看看。”

高强所说的业务，当然是指有关调解的相关程序和法规。这些其实陶玉他们在考核之前就突击过了，只是真要实战了，他们三个人还是有点儿心虚的，反正陶玉是这个感觉。

屋子里四个人随意地说着话，使这间不大的调解室显得有生气了。他们不规则地找地方坐着聊天。陶玉一直不敢在何佳佳留给她的那张办公桌后坐下。她总是拉出椅子，有意靠近何佳佳这一方坐下。虽然刚发的办公用品已经被陶玉在桌子上摆放整齐了，但她还是不敢正坐在桌子后面。

“回头我做几个调解员的桌牌，放在你们每个人桌子的右上方。再弄几个展板贴在墙上，这就像样了。”高强环视着四周设计着。

高强坐了一会儿，就起身出了门，穿过院子到对面的办公楼去了。他没说去干吗，大家只是透过玻璃看着他走，也没人问。

屋里的三个人开始安静下来，各自翻看着自己带来的各类法律书籍。

院子里陆陆续续有交警拿着饭盆向紧东头的食堂走去，警车也突然间把本来就不大的院子停满了。交警们相互打着招呼，有的抽着烟，有的晃悠着饭盒弄出哗啦哗啦的响声，但都是快步走着，看来到了吃饭的时间大家还是挺积极的。

高强再次走进调解室，站在门口和大家说话。

“就按咱们之前说好的，午饭自行解决。你们一会儿可以到周边熟悉一下环境，下午装电话配电脑，我就不跟着了。哦，对了，陶姐这里岁数最大，有什么事您就多负责吧，就是我们这里的组长了。大家有事就多跟陶姐商量着。就这样吧，我先走了，有事给我打电话。”高强没等他的话讲完就扭身去开门。

“高律师，院里不让外部车辆进来，我也不能天天停在路边啊。您帮着跟队里说说?”

“你自己找去吧。现在，你们都是‘内部’的了。”高强笑了笑说道。

屋里的三个人起身要送他，高强顺手带上了门，走了。

陶玉站在原地没动，她还在想高强的那句话。她由于年龄大成了这里的组长。她这个组长应该干什么？怎么干？那两个小年轻的又是怎么一回事？她都一无所知。没办法，谁让她就是年龄大呢。

“那咱们也休息呗，组长。”何佳佳提议。她终于熬过了半天时间。

“我吃麦当劳去了，你们都吃什么呀?” 乔桥迫不及待地站起来，又把随身听的耳机塞进耳朵。“下午几点，陶姐?”

“两点吧? 应该是两点。” 陶玉含糊着。

“行吧，那我两点回来就行，是吧?” 乔桥第一个走了。

“你呢小丫头，你吃什么呀?” 陶玉有点儿刻意拉近着她和何佳佳的关系似的问道。

“我还没想好呢，待会看吧。”

“要不跟姐一块吧，咱们也顺便到周围溜达一圈?” 陶玉向何佳佳发出了邀请。一上午了，何佳佳一直对她“你，你”的称呼着，陶玉听着有点儿别扭：就不能换个“您”字? 毕竟自己比他们大不少，也不能说什么。算了，这么称呼也好，也显得她和他们不生分。

“不了，你去吧。一会儿我饿了，我自己去。” 何佳佳看了一眼陶玉，掏出手机鼓捣起来。

何佳佳的话等于把陶玉晾在原地了。其实陶玉一点儿也不想吃饭，但她现在觉得，即便留在屋子里，跟何佳佳估计也没什么可说的了，还不如出去透透气。她整理了一下本来就不乱的办公桌后，拿着书包，跟何佳佳打了招呼，出了门。

陶玉走出交通队的大门，忽然发现上午去过调解室的戴护耳罩的男人在院外的墙根站着。“一个上午了还没走啊?” 陶玉这么想着，没再看他。她要找地方去吃点儿什么。

队里派来两名没穿警服的工作人员给调解室配备了三台旧电脑。乔桥忙乎着给每台电脑做着调试。

一位高挑的年轻警官出现在大家面前，乔桥居然下意识地停下了手里的工作，起身站直，像是要和他比比身高。何佳佳手里捧着书，却上下打量着眼前的这位穿警服的小伙子。

陶玉望着眼前的这位年轻人，三十出头的年龄，足有一米八的个头。他宽宽的肩膀，修长的腿，将这身警服穿得是那么招人喜爱。他脸庞不大，五官长得又那么的精致。精致一词多数情况下是形容女人的吧？可陶玉觉得，眼前的这个男子似乎只有“精致”两字才能准确地描述他的五官。深陷的眼睛大而有神，眉骨突出使这张脸显得那么轮廓鲜明，粗重的眉毛更是让人觉得英气逼人。就算他穿着这身警服，走在街上也一定会让人在第一时间联想到时装模特。

“谁叫陶玉?”就连他的声音都是那么有磁性。何佳佳用闪闪发亮的目光，把头缓缓地转向坐在正中座位的陶玉。

陶玉起身，迎合着年轻人的目光。

“我是事故组的郭玉恒。您跟我来一趟，我们政委让我给你们一些资料。”郭玉恒脸上没有太多的表情，声音却很是有力。陶玉离开座位，随着他出了调解室向对面的办公楼走去。

“怎么她就是组长了?”何佳佳小声自言自语着，低头继续看书。

陶玉跟着郭玉恒第一次走进交通队的办公楼。除了这里的安静让陶玉感到意外，其余的倒不觉得新鲜。和一般的警务机关办公场所差不多，就像电视里经常演的那样。陶玉跟着郭玉恒走进事故一组的办公室。

楼道里的安静出乎陶玉的想象，屋里却显得杂乱了一些。一位女警官正和陶玉见过的那位戴护耳罩的男人谈论着。男子规矩地站着，半呆半木地听着。陶玉跟着郭玉恒来到他的办公桌前，眼睛的余光看到另一位警官的电脑页面，应该是“斗地主”呢。画面当然没有声音，只能听见鼠标有节奏的点击声。

郭玉恒从身后的铁皮柜拿出一摞文件递给陶玉。

“这些您拿回去看看吧，都是以前的调解卷宗。哦，还有各种流程需要的登记表。也不知道您那儿和我们这儿的程序一样不一样，您就自己琢磨着弄吧。有什么不懂的，您可以随时问我。”

陶玉直愣愣地站在那里，听着郭玉恒跟她交代着情况。她听到‘有不懂的可以问’，可她现在都不知道怎么问、该问什么呀。陶玉的身体冲着郭玉恒的方向站着，却不停地偷瞄着旁边的那位女警官和戴着护耳罩的男子，很想听清他们的对话。

“你这不也看到了么，我们也给对方打电话了，他说没有时间。你逮不着他，我也逮不着他呀。你呀还得慢慢等，我们过一段就会给你催一催，好吧?”女警官的声音脆生得像炒崩豆儿，好像要把该说的话一下子全说完。男子的反应显然跟不上女警官的语速和节奏，除了发呆好像就没有任何面目表情了。陶玉自始至终就没听见他说过一个字。女警官不再看他，顺手将桌子上男子的事故调解书递给傻站着的男子。戴护耳罩的男人缓缓地接了过来，眼睛里充满了无助和不解。他意识到，今天是又白等了，他的事还是解决不了。

“就这样，你先回去吧。我们有了对方的消息就会通知你的。”女警官下了逐客令，并起身拿起自己桌子上的保温杯走向饮水机接水。

陶玉忍不住回头看着他们。女警官接了水，并没有回到座位上的意思，而是站在原地用手捂着杯子，直勾勾地看着来做调解的男子。那双犀利的大眼睛分明是在说，“你还在这儿傻站着干吗呀！还不走啊?”

男子就这么从头到尾没说一句话就出门了。陶玉望着他，猜测着发生在他身上的事。

“郭帅，你说腻歪吧? 就这三百块钱，他都来快八趟了，我这也结不了。”女警官就当陶玉不存在似的。

“郭帅? 看来是同事给郭玉恒起的绰号，倒是跟他很相配。”陶玉在一旁这么想。

“你就再给对方打打电话，催着点儿，赶紧结了吧，别压着。”听郭玉恒的口气，他应该是可以领导女警官的。陶玉觉得自己站在这有点儿多余。她跟郭玉恒打了招呼，拿了一摞卷宗出了门。临出门，郭玉恒对她说，有处理不了的事也可以找这位女警官帮忙，她叫肖娜。肖娜和陶玉不冷不热地点头，算是认识了。

陶玉走出事故组，心思却还在刚才那个男子身上。她下意识地在走廊寻找着，已经不见了那名男子的身影。陶玉不知道他到底出了什么样的交通事故，只是知道就为三百块钱，他来交通队好几趟了，可依然没解决。“这个人难道不工作吗？这么折腾，耽误的时间和精力早就不止三百了吧？”陶玉一边想着，一边看着手中卷宗的第一页。那是一张交通事故调解登记表，记录中所用的专业名词和文字陶玉看着实在是陌生。

当陶玉回到调解室时，乔桥正和戴护耳罩的男子大声说话。

“你的意思是说，你已经在交通队那边进行调解了？那我们就不好再帮你问这件事了。”乔桥对眼前的这名男子说话的声音很大，语调也很是肯定，猛地听上去，谁也不会想到他是第一天做调解员。

“得，正好，我们组长来了，你问问她吧。她说要是能管，就能管。”乔桥顺势把事情转交给了刚进门的陶玉。

陶玉又一次看见这个默默不语、戴着耳罩的男子。早上，就在这间屋子里，就是他和陶玉第一个说话的。陶玉客气地询问起来。

“您这是什么情况？”

男子把一张揉搓得很褶皱的纸递给陶玉，是他的事故认定书，交通队给出具的。陶玉看了一下事故时间，距离今天已经一个多月了。

“这里很清楚地写着，对方是全责吧？您的自行车前轱辘损坏，对方的倒视镜上的漆有划痕。那你们当时是怎么说的呢？”陶玉一字不漏地看着事故认定书。这种事故认定书她也是第一次见，她飞快地辨认着上面几近模糊的字体。

“他是全责。他开车右拐，把我别倒了。我的自行车不能骑了。警察来了以后就开了这么个单子，让我们自己解决。他当着警察的面答应给我三百块钱算完事。我看看人没事，就是修修车，三百是我要的，他也答应了。他说当时没带钱，第二天来交通队给我钱，结果这一下子就一个多月逮不到他人影了。”男子根本不在意别人听得懂听不懂，一口气说完了他要说的事情。

“那后来呢?”

“后来就是我打电话他不接，怎么打都不接，我也没办法了，就找交通队，想问问他们怎么办。来了很多次了，就是找不到他人。”男子就这么一直说着，眼神又出现了刚才陶玉在事故组时看到的那股无奈。

“那队里怎么说的?”陶玉知道其实这句话问了也多余，队里的肖警官刚才已经说得清清楚楚了，队里也是找不到当事人。谁碰上这样的人也没辙。

“队里也说没办法，只能帮着联系他。”这个结果陶玉刚才就知道了。

“您看这样好吗?您把事情经过和联系方式再给我们留一个，回头我也帮您催催对方，您看好吗?”陶玉说着，递给对面男子一张刚刚从郭帅那拿来的登记表。她自己也不知道，是不是像现在这样，她就算是开始正式进行调解工作了。

第一天下来，整个调解室的收获就是这么一个登记表单。乔桥主动申请负责收集每天的这些调解记录。

第四章

老朴的影子

当戴护耳罩的男子再次出现在调解室，已经是一个星期之后了。陶玉他们正忙得不亦乐乎。每个人的桌前都有人来询问。何佳佳那娇滴滴的声音时不时地要回答打进来的咨询电话。乔桥总笑话她，说她声音的柔软度会让咨询的人怀疑他们的调解力度。每每这个时候，何佳佳总会瞥他一眼，那妩媚的劲儿能让乔桥兴奋一会儿。

“先填表。”这是乔桥开始进入工作状态的前奏。来人一律先填表。

乔桥特意去买了一个黑色硬皮的公文折页夹，专门放这些登记表。每一张都有他自己的编号顺序，十分精准。每天下班前，他都会拿出来数一数，看看调解室有了多少案子。

何佳佳这段时间下来也有了她自己的工作重心。她清楚地知道她对哪类案子感兴趣，哪类案子她可以半推半就地甩给乔桥或陶玉。她心里总是希望进来的人事故大点儿，复杂点儿，最好是不能调解的、不接受调解的才好，她每天总是这么盼着，等着。

陶玉，用她自己的话说，越来越像个事妈了。

戴护耳罩的男人站在一旁，等着陶玉先跟眼前的两个人谈完，才走上前去，等着陶玉开口。

“张佑全，对吧?”陶玉看了一眼手里的卷宗，对戴护耳罩的男子说道。

“你的事解决了，对方在上周末把钱交来了，所以通知你今天过来结案。你看，你还满意吗?”

陶玉看着眼前这个貌似有点儿窝囊的男子，生怕哪句话吓着他似的，小心翼翼地说着。

“呵呵，满意。谢谢。”男子除了那天叙述过一遍案情以外，就没怎么开过口说话。他也不问陶玉这钱是怎么要出来的，就知道他能拿到钱了，他不用再来这里了。他松了一口气。

“走，跟我去办个手续吧。”

陶玉起身，带着张佑全去找肖娜警官办结案手续。

看着张佑全把钱揣进兜里走了，陶玉还在为自己那天的傻想法偷笑了一下。

上班的第二天，陶玉来到事故组。这次，她没来找郭玉恒，而是找肖娜来了。

“肖警官，我是陶玉，昨天我们见过面。”陶玉大方地和肖娜打招呼。

“啊，知道了，昨天见过了，你是院里平房那个调解室的，是吧?”肖娜面对眼前的陶玉，想起昨天郭帅吩咐过，如果他们调解室有什么不懂或解决不了的，要她照顾一下。

“以后我们免不了给您添麻烦，也请您多理解。”陶玉很是诚恳。

肖娜觉得眼前这个显然比自己大的女性对自己这么客气，不知道为什么她有点儿不好意思。这不是她这位女警官的性格。她的工作让她在男人堆里待的时间不短了，她的动作有时候也会不经意地大大咧咧起来，就如她每天开门进办公室，将钥匙往桌子上一扔、拉出椅子的声音都不比同屋的两个男人轻。她说话的底气和音调也和同屋的男士在同一个频率，唯独声线细了些。她每天上班穿警服，下班换便装。就算她换了最好看最时髦的便装，似乎关注她的人也不会多。肖娜总是为这点感到不甘心，但是也没办法，身边的同事平时哪有工夫去欣赏她呀。出现在她眼前的陶玉的着装，应该是她喜欢的风格，干练又不乏柔美。

“昨天那个叫张佑全的，后来去了我们的调解室，我今天特意过来和您打声招呼，我想试试这个案子，您看合适吧?”陶玉用温和的眼神望着肖娜。肖娜没有准备，稍微愣了一下，然后说：“这有什么不合适啊，你接过去吧。”

“我看他这事故没多大事，可时间不短了，我们也正好刚开展工作，就想实践一下，还得请您多体谅啊。”陶玉从来没想过，自己应该和穿官衣的人用什么样的口吻说话，她试探着。

肖娜脸上的一股子不屑刷地一下划过，马上又被她那有点儿夸张的笑容掩饰了。

“你别那么客气，你们实践的机会多着呢。我这每天都忙不过来，只要你不嫌累，我会慢慢让你实践的。”

“你让谁实践啊？那你干吗啊？”刚好进门的郭帅听到她们的谈话，打趣地说道。

“瞧，我们组长听见不干了，我多亏没和你说什么吧？”肖娜瞥了一眼郭玉恒，故意大声问着陶玉。

陶玉也跟着笑了起来，屋里的气氛一下子轻松了许多。

“我们组长就是怕我闲着，我干多少活他都看不见，是吧郭帅？”

“谁闲着我都不答应，我着实地看不惯。凭什么老我出去累啊！”郭帅的话招来满屋子的笑声。这笑声还没落地呢，一位警官站在门口对郭玉恒说：“郭帅，出警。人亡。”

“我说什么来着，你们聊着，我出去受累去了。”郭玉恒抄起桌子上的水杯喝了一口水。

“昨天的了吧？还喝呢！”肖娜提醒着。

“给你打饭吗？”肖娜急促地追问道。

“不用了，这点儿了，肯定回不来。”

郭帅没和屋里的两个女人再打招呼，他整理着警服，急匆匆地走了。

陶玉被眼前的情况搞得有点儿晕，她不知道这些交警平时是不是都这么闲一下，紧一下的，好像没有踏实的感觉。

“我们大大都这么忙叨，你不习惯吧？”肖娜说着话，可眼光还是在上下打量着陶玉的衣着，并在陶玉那件考究的真丝衬衣的领子上盯了几秒钟。

“跟你们比，我们真是太轻松了。”陶玉当然知道自己根本不会像郭玉恒他们那样被随时提拉着出警，也没那资格。坐办公室，舒服。

陶玉和肖娜在办公室又闲聊了一会儿，但多少还是有点儿尴尬，毕竟不熟悉。她起身告辞。

“不打搅您了，以后有什么事可以随时叫我，希望我能帮上忙。”

“你比我岁数大，别您、您的，太客气了，我不习惯。有空常来玩吧。”肖娜到门口送她。

“你的香水是什么牌子的，真好闻。我们上班时可不予许抹香水。”肖娜不经意地问着。

“呵呵，是吗？那正好，你还省钱了呢。”

陶玉不知道该怎么给张佑全事故中的另一个当事人龚肖达打电话。她把这个事故的认定书看了一遍又一遍，简直看不出有什么不结案的理由。但这毕竟是个事。她要试试。

陶玉是真没料到，这个叫龚肖达的北京男人在电话里能把话说得那么直白。陶玉根本不会想到他怎么能说出那样的话来。

“你别费劲儿了。我是全责，没错，我知道。我也不是在拖，就是不想给这个钱。”这就是龚肖达接到陶玉电话后的答复。

然后，就是“滴滴滴”的断线声。他挂掉了电话。

“啥情况啊，这是？”陶玉真蒙了。

不想给钱也得有个为什么吧？再说，你凭哪条不给啊！陶玉真是纳闷。这么理直气壮地赖着，为啥啊？

陶玉怎么也不服气对方这个态度，依旧电话追过去。不接了。她没辙了。

她总算明白就这么个三百块钱的赔偿，张佑全为什么折腾了一个多月，肖娜也得陪着可还是没有结果了。

下班时，老朴来了电话，要请陶玉吃饭。陶玉没心情，说改天。

陶玉在回家的路上路过超市，大包小包的买了一堆。这上班了，毕竟得按点儿了，她往常的零食已经不足以支撑她的体力。她觉得有点儿不习惯，但也有了一种新鲜感。这种新鲜感把她又逼回像以前那样过日子的状态。

“过日子！正式开始过自己一个人的日子！”陶玉心里想着，笑了笑。

电视里演的什么，陶玉根本没看进去，胡乱地按动遥控器。她还在想着龚肖达的电话，想着他的语气，想着他为什么会这样、为什么能这样。

“我的电话打得有问题吗？没有啊，跟他已经讲清了我是谁，是干什么的，为什么要给他打这个电话。他明知道这些了，怎么还这么说呢？”陶玉一遍一遍地回忆着她和龚肖达的电话内容，找不到任何失误之处。何况对方的答复，已经让她没有了一点儿办法。

“我就不信了，三百块钱我找不回来。”陶玉的拧劲儿忽地上来了。

陶玉抄起家里的座机给龚肖达打过去。

谢天谢地，龚肖达接了。对方一听还是她，立马挂断。

陶玉依旧被对方的态度没有任何悬念地打回到沙发上。

陶玉有点儿后悔昨天没听乔桥的暗示：既然队里接了，我们就不合适再插手了。她真的后悔自己多管了这桩闲事。她居然还信誓旦旦地去找了肖娜，说要试试。她以为这三百块钱的数目不至于要不到。“不就三百块钱么，他龚肖达至于吗？张佑全就真缺这三百块钱？这些日子浪费的时间就不是钱啊！肖娜这正儿八经的警察找他，龚肖达都不露面，我算什么呀？”陶玉这个后悔啊，脑子里出现了太多乱七八糟的声音。“我干吗这么多事啊！我也不能跟肖娜说把案了退回去吧？都知道这是调解室的第一个案子，这以后可怎么见人啊！”陶玉就像控制不了自己的脑袋一样，一个又一个想法都在同一时间叠加着出现了。她起身去厨房拿了两个刚买的橙子，想靠在沙发上边吃边看会儿电视换换脑子。她站在厨房的灶台前就心不在焉地剥上了。橙子的清香顿时刺激着陶玉，好闻。橙汁“呲”地一下溅到陶玉的眼睛里，刺得她一个劲儿地眨眼，两只手黏糊糊的又不敢去揉，下意识地用手腕子去碰眼睛，谁曾想橙汁已经顺着她的手指缝滴落到乳白色的衬衣上，明晃晃的像是给她的衣服做了新出炉的手绘。这么点儿小事也令她如此狼狈，陶玉有些沮丧，扔下橙子赶紧去了洗手间。

周末到了，陶玉的心情居然是上班以来最好的一天，并不是因为她又可以连续两天卧在家里看电视，而是因为那个令人挠头的龚肖达在上午终于把那三百块钱交来了。

老朴又来电话，请她去俏江南吃饭。陶玉没有犹豫，欣然答应。

老朴推掉了今晚的一桌饭，早早地回家洗澡换衣服。他今天也不陪女儿了，他要好好陪陶玉吃饭。陶玉自从上了这个他给安排的班，他们还没见过面呢。电话倒是打过几个，陶玉还是那样，问什么都没有太多的话和他说，就说“挺好”。老朴有点儿想她。

陶玉今天是第一个离开办公室的。她欢喜地上了老朴的车。

他们在金融街的那家俏江南坐定，老朴要了一壶普洱茶，打量起眼前的陶玉。

“最近怎么样，累不累啊?”他每每这么关切地询问，陶玉根本没有太多的感受。老朴也像永远想不出还有什么别的开场白似的，不厌其烦地来回说这几句废话。

“嗯，挺好的，一点儿都不累，我也习惯些了。你呢?”陶玉今天的话看来不少，一开场就让老朴一愣。

“我好，我好，就是有点儿不放心你。那天本想叫你出来吃饭，你还不赏脸。”老朴一边说着，一边给陶玉倒上刚点的茶。

“真没时间，每天就想早点儿回家睡觉。今天要不是周末我还不来呢。明天不用早起。”

陶玉抿了一小口普洱茶，觉得真是舒服。怎么以前不觉得呢？在她的印象里，自从老朴知道她爱喝这个，每次和老朴在一起时，喝的都是普洱茶。那会儿有的是时间清闲自在，她也没品出个好来。今天这茶真是不错，尤其是那入口之后的滑润，还有入喉之后留下的那股甘甜的余味，陶玉着实地享受了一把。

“哎，老朴，这工作挺好玩的。”陶玉用服务生递上来的热毛巾擦着手，迫不及待地对老朴说，“每天进进出出的来不少人，一点儿都不闷得慌。”

陶玉的大眼睛泛着光，直视着老朴。老朴满足着，这眼神是直直地冲着他来的，没有一丁点儿的敷衍。老朴好像头一次看到自己的影子占满了陶玉的瞳孔，还有她说话时的那种微笑也是给他的。老朴觉得第一次离陶玉这么近，更确切地说是她第一次让自己离他这么近。哪怕就是那仅有的一次在床上，老朴都没有这感觉。老朴不知道为什么，有点儿心跳，有点儿激动。他微微换了一下坐姿，跷起二郎腿。

“跟你说啊，特逗，我帮一个傻乎乎的男的要回三百块钱赔偿，对方今天交来了。你知道吗？就这三百块钱，他们都折腾一个多月了。今天终于要回来了，周一我就通知当事人来结案。”

“可以啊你，说话都不一样了，还‘当事人、结案’。看来你行。”老朴一边恭维着陶玉，一边拿过菜单要点菜。

“想吃什么？你说。”

“随便你点。我吃什么都行。”

老朴看得出，陶玉的心思根本没在这儿。他就自行做主点了两个凉菜两个热菜，还有一份粟米羹。

“听着听着，我跟你说啊。”陶玉生怕老朴听不清，把头探过来，凑近老朴，继续她的话题。“那个全责方你是没见呢，那个让人腻歪啊！他全责，双方答应调解解决，他支付对方三百块钱赔偿金。可你猜怎么着？

他没影儿了。这钱不给了。”

“那到底是不是他的责任啊?”

“当然是他全责了，责任认定书上写得清清楚楚的。”

“那他凭什么不给，再说他不是答应了嘛?”老朴已经完全被陶玉绘声绘色的讲述带进事件的情景当中去了。

“你也这么觉得吧?告诉你吧，真拿他没辙，队里也找不到他，就是死活联系不上。这事本来不是我的事，我是刚去不知深浅啊，还是特意给要来的这案子呢。我想就三百，怎么还拿不出来啊。多简单的事啊!嘿，人家就不给。”

“那最后怎么着了?”老朴追问。

“你听我跟你说啊。”陶玉把自己的茶杯推向老朴，示意他给自己倒茶。老朴不敢怠慢。

“我给他打了无数的电话，开始还接，后来就不搭理我了，给我气得呀，干着急。那会儿我都想，干脆我给那窝囊男的三百块钱算了。要不我跟队里也没法交代，毕竟是我上赶着要的案子。”

老朴望着面前的陶玉，从她嘴里说出的话，他好像一个字都不敢落下，真真儿地听着。

“那他不给，你能怎么办?”

“你别打岔，听着。”陶玉有点儿矫情了，嗔怪着老朴。老朴却犯贱地笑了笑。

“我就不信我要不回来这钱。给他打了两天的电话都不行，那天晚上我快半夜了，给他发了一条短信，跟写了一篇作文似的。我问他为什么答应的事不做，该给的钱不给。我还说，都是北京人，再没钱也不能这么干事啊!再说你开着车，把人家自行车给撞坏了，为什么不赔啊!反正我写了好多呢。不过我也算说了些软话，告诉他我是第一天上班，如果解决不了这件事就得惹麻烦了，让他体谅体谅我。告诉他可以不回我短信，但请他第二天接我的电话，我想跟他谈谈。否则，我就没完没了地打电话骚扰他。”陶玉对着老朴，像不用喘气似的叙述着整个事情的经过，感觉特别过瘾。她好像憋了一辈子的话要对老朴说似的，看上去不是一般的亢奋。

“他第二天真接我电话了。我可不敢刺激他，生怕他再挂我电话，那我就真没辙了。这大爷还真给面，你猜他跟我说什么？他说：他是全责，被扣分了，也被开条罚款了。他车倒视镜的漆被刮了，他没上保险，算算再喷漆去，三百块钱打不住。他知道，如果调解不了，对方只有通过上法院诉讼才能得到解决，他料定对方不可能因为这三百块钱去告他。你说这是啥人啊！他想慢慢拖着就没事了。”

“哈哈，他没想到，碰上你这么个拧头。来吧，吃饭，为你旗开得胜喝一杯。”老朴终于明白陶玉怎么这么开心了，他眼中的陶玉就是这么个要强好胜的人。

“喝什么喝呀，开着车呢。”

“你跟我开车喝酒还少啊？真是干上这行不一样了！喝吧你就，有代驾呢。”老朴给两人倒上了酒。跟陶玉吃饭就这点儿好，给她吃什么喝什么她从不关心，也不挑。老朴就点了度数低的干红。

陶玉的话总算告一段落，她开心地品着红酒，频频和老朴碰杯。老朴跟陶玉在这样欢愉的气氛中吃饭真是少有。看到陶玉这么开心，他为自己给她安排的这个工作感到满意。

“工资四千你觉得少吗？够花吗？”老朴一边给陶玉夹菜一边闲聊。

“你怎么知道我工资四千啊？高律师告诉你的吧？他不让我们说，他倒到处说，透着跟你是朋友。”

老朴显得有点儿尴尬，不敢接话茬儿了。

“办公室那俩小孩儿有心眼儿着呢，嘴倍儿严，什么都不说。”

“不说就不说呗，你也别打听。你有活就干点儿，没事就看书，少管那么多。咱去是为了打发时间有点儿事做，可别累着啊。听见了吗？”老朴对陶玉一个劲儿地嘱咐。

陶玉正用筷子夹起盘中的一块红烧肉，发现上面有肥的，她“嗯”了一下，示意老朴帮她把肥肉弄下去，也算是答应了老朴嘱咐她的事。

老朴结账，四百二十五元。陶玉看了看账单。

“两个多小时造了四百二十五。为了那三百块钱，我那个糟心呀！”陶玉感叹着。

第五章

就知道你点儿背

调解室越来越像个接待窗口了。陶玉他们把屋子布置了一番，将一些交通事故调解的流程和国家有关交通事故赔偿的规定都做成了展板，上了墙。室内又添置了几把椅子和饮水机以给前来调解的人方便。这里来的人好像也越来越多，陶玉当然明白，肖娜给她派过来不少案子。

一对夫妻模样的人走进调解室。男子满脸愁容，像是大病初愈，连腿都迈不动的样子。妻子在一旁搀扶着，眼睛快速地扫着屋里的每位调解员。他们坐到了陶玉的桌前。

“您怎么了?”陶玉知道，对面的两人应该是受害方，也就是他们平时背地里说的“苦主”。

“被撞了，您快给看看吧。”对面的女人没等陶玉说话，就把事故认定书递给了陶玉。

“张晓枫，是您吗?”

“是我。”男子眼睛都没抬一下，有气无力地回答。

“什么情况啊?”

“我没招谁没惹谁，车停在路边，我刚要上车，开车门的时候，后面就过来一辆出租车，把我撞了。腿也磕到车上了，差点儿没把我撞出去，我真是捡了条命啊!”张晓枫回想着，好像还心有余悸。

在一旁看书的何佳佳抬起头，往陶玉这边看了看。从她的角度看过去，好像陶玉面对的不是事故的当事人，倒像是病人面对着医生，正在给医生叙述自己的病情。男子虚弱得快不行了，女人站在他的右侧，不停地为他胡捋着后背，像是安抚着刚刚受到惊吓的孩子。何佳佳好奇地听着他们和陶玉的对话。

“责任方来了吗?”陶玉看着交警出具的事故认定书，低头问对面的张晓枫。

“他应该在后面呢，可能马上就到。”女人抢先答话。

“你们双方是自愿来这调解的吧?既然是自愿，那我也把调解的程序和相应的一些情况告之你们。如果调解不成，你们不满意，或者达不成和解，双方都有权向法院提起诉讼。”陶玉已经在这一段时间练得像模像样了，她处理纠纷时的状态已经渐渐进入佳境。她自己知道，她的某些看上去的淡定，是因为她还并不是十分熟悉业务，而并非她能游刃有余地控制现场局面。

“张晓枫，你现在觉得有什么不舒服吗?”陶玉抬起头，上下打量着当事人。

“有，腿疼得厉害，不知道是不是骨折。还有，心慌得厉害。我头晕。”张晓枫尽量在第一时间把自己的不舒服全都告诉陶玉。他又用手抚摸着右腿的小腿位置。

“把裤腿撩起来我看看。”陶玉这会儿真有点儿像医生了。

“你是不是心脏还疼啊，别是被吓的吧?你再活动活动胳膊，看看有没有事。”女人提醒着。

“好了，你让他自己说。”陶玉打断女人的话。

“你要不先看病，毕竟身体最重要。拿着医院的诊断书再过来，结案不着急。”陶玉给张晓枫建议着。

“我们是得看病，但更想先把事情了结了。您说，谁有时间老往这跑啊!”女人好像能做当事人全部的主。她也没问问张晓枫要不要先去检查，就直接把话说出来了。

陶玉凭着这段时间的经验，早就明白了对面男女的想法了。她接下来说道:“如果一次性了结了，按有关赔偿规定，你们之后再看病所花的费用可就没法追加了。你们想好你们索赔的金额了吗?”

陶玉知道，这会儿该把话题引到关键之处了。

“五千吧，我们怎么也得要五千。我们还得做各种检查，万一今后有什么事怎么办?您说呢?”依旧是张晓枫的女人在说话。

“我不能说，你们自己定。但我要提醒你们，来这的目的是要解决问题，要多少钱是需要有理由和证据支持的，你们想好啊。”陶玉的脸色开始严肃起来了，口气也显得有些冰冷。

“调解员，对方有逃逸嫌疑。他撞了我后没停车，跑了，是我报案后交警在下一个路口给他截回来的。不信，您问刚才给我们解决问题的交警去。”张晓枫终于理直气壮地自主地说了一句话。

听到这话，在一旁的乔桥和何佳佳都起身来到陶玉的身旁，拿起事故认定书看着。

“嗯，我知道了。”陶玉不动声色，没再接话茬儿。

正在这时，一个身穿出租制服的司机走了进来，还没开口，笑脸先迎了上去。张晓枫本能地看了他一眼，随即就让他身边的女人拽了一下，被半强迫地靠在了女人的身上。“你靠好了，别动，好好休息。”女人像是自言自语，更像是说给所有的人听。

陶玉正处理着眼前的案子，门口又进来三个人，让这间本来就不大的调解室立马显得满满当当的。乔桥招呼着他们坐下，几个人便围坐过去。

“先填表。”

“我们以前填过了，也去过队里调解，但没有进展，我们想走诉讼了。队里的交警说，可以过来跟你们咨询一下该怎么走程序。”

“哦，要走诉讼啊。”乔桥明白了对方的来意，只是来做个咨询。对方不填表格，这点让乔桥有点儿不爽，他沉下脸。可哪怕是再不高兴，也得给对方解答啊。他正要开口询问什么，桌子上的手机响了。

还没等乔桥接起电话，何佳佳就用她独有的细声细气的嗓音冲着对面的三个人打起招呼来：“来我这里吧，一样的，你们过来吧。”

何佳佳接着又温和地冲着乔桥比划着接电话的动作，示意他安心接听电话，由她来帮忙解决这个案子。

乔桥频频点头，表示对何佳佳的谢意。

“什么情况啊？要诉讼了，是吗？”何佳佳耐心地询问着。

何佳佳接过对方递上来的有关资料和厚厚的一摞票据，认真地翻看着。

“亡者叫刘翠玲是吧?”

“是。我们本来想走调解的，毕竟人已经没了，我们的痛苦您可想而知，想早点儿把事情了结了，对死者也是个交代。我们索要的赔偿金是五十万，对方不同意，也不积极配合解决。看来，我们只能走诉讼了。这也不知道又得耽误多少时间。”说话的男人是亡者的丈夫。

“那就诉讼吧，你们也省事了。我给你们一个电话，找这个律师，他会很好地处理你们的事。你们就放心吧。”何佳佳飞快地拿出便笺纸，在上面写下了高律师的手机和姓名。“也希望你们节哀顺变，把官司打赢。”何佳佳给了当事人极大的安慰。

何佳佳那里的情况被旁边的陶玉全部看在眼里，碍于她手头正办着案子，也不好多说。她只是看着何佳佳起身把这几位前来咨询的人送出去老远。

她眼前的出租车司机一直在给张晓枫赔着笑脸。陶玉开口了。

“双方当事人都到齐了，你们也都是自愿来此调解的，我也了解了受害方的调解要求。您看，您二位先回避一下，我跟他谈谈，好吗?”陶玉征求着张晓枫夫妇俩的意见。

张晓枫跟身边的老婆对视了一下，在他们瞬间的犹豫中，也透露出了一丝不安，对陶玉略带有一点点的不信任。

从门外回来的何佳佳心情大好，正巧听到陶玉对张晓枫夫妇的安排，她热情地把两位领到隔壁的一间休息室，又返回调解室，把他们各自的水杯拿了过去。

陶玉正视着出租车司机的眼睛，像是要穿透一样。就连她眨眼的动作，此时也是带有力量的。

“就问你两点：第一，虽然认定书上没写，但我也了解了一些，关于逃逸之嫌你解释一下。第二，如果对方要求五千元作为和解，你能接受吗?”

“大姐，我要是跟您说我不知道刮了他，您可能都不信。我真不知道，要不您说我能走吗？我是开出租的呀！我逃逸？我能往哪逃啊！可事实就是让下一个路口的警察给我截下了，这点我不能不承认。唉，我真是倒霉到家了。”出租车司机没有了刚才脸上的那份笑意，懊恼地不停地摇头。

“这里没给你按逃逸定责，如果这么定了，估计也就不会让你们再来调解了。”陶玉巧妙地把自己判断说了出来，她心里其实真想给这个司机一些暗示。但她心里着急，表面上是不能有任何表示的。在这一段时间里，陶玉很多时候都是这么纠结着，拧巴着，但她绝不能说出口。

“关于赔偿这块，你的意见呢?”

“我不能答应，真的大姐，你帮我算算，我这每天拼死拼活地开车，我能拉多少啊？他们也有点儿太黑了吧。”出租车司机急切地倾诉着自己的不容易。

“谁黑谁不黑，我可管不了。我就知道你点儿背。”陶玉说完了，自己也忍不住笑了起来。凭她的经验，对方在这个时候，是不可能对她的言语和玩笑反感的。

“您真说对了，我就是背到家了。”

“如果你不同意这个赔偿数额，对方也不再接受调解，对方有可能走诉讼来解决，你要想好。走诉讼就意味着有可能对责任认定书重新提起异议，这是每个人的权利，法律也会支持。”陶玉的这番话实在是让出租车司机紧张了。一旦事故认定被对方异议了，那么就有可能把“逃逸”的这个行为重新拿出来说事。他就是再冤也是解释不清的，他毕竟有疑似行为啊。如果是那样，就不是简单赔钱的问题了。出租车司机有点儿慌。

“您能帮忙给调调，少点儿行吗？我知道这事我不对，但我也真的不容易啊！”

“谁容易啊？这事对人家来说，也是烦心受怕的事吧。咱不能光想着自己，这对您今后就是个警示，您说是吧？好在没有人亡、车损，要不你麻烦更大了。”

“您能接受多少赔偿？”陶玉最关心的是他支付赔偿金额的底线。

“三千行吗？”

陶玉没吭声。

“三千五？您看行不行，我真是没有能力啊！可您说他要是不同意，我耽误时间不说，也许还会有麻烦，这点我自己知道。您就帮我说说吧。”出租司机央求着陶玉。

陶玉的心里其实已经明镜似的了。她明知张晓枫夫妇的要求过分，但眼前的这一方又有不利的行为出现。她心里要快速作出判断，拿出一个相对公平又让双方心服口服的解决办法。她看着眼前的司机，真想从心里骂一句：开个车，你慌什么呀！如果在意一些，停下来，现在至于这么心虚？至于给对方这个机会吗？如果是正常的交通事故，你有全险，那还有什么可担心的？

“我们一定会站在公正的角度来做调解。调解，首先要建立在理解的角度，尽快尽好地解决都不愿意、但已经发生了的交通事故。我们几方面都要很好地配合，才能达成一致，你说是吧？”陶玉所说的这些话，与其是给出租车司机说的官话，其实也是要给自己后面的动作打气。她已经拿定主意怎么跟张晓枫谈了。

“你什么都别说，去把事主请进来。你在休息室等我叫你，好吗？”陶玉让出租车司机请当事人过来。

张晓枫被老婆搀扶着，哭丧着脸一拐一拐地进来了。

“是不是还觉得不舒服啊？”陶玉直视着张晓枫。张晓枫的眼神有点儿游离，支支吾吾地应着。

“我跟对方谈过了，他也表达了诚恳的歉意。要说咱谁也不愿意发生这种事，堵心不说，给身心都带来痛苦。大家想调解，就是想找到一个对双方都还算能接受的方式和结果，尽快地了结此事，前提是你的身体别有什么事，这是目前最大的事。至于钱，我觉得你们也会认为那没有身体重要，是吧?”陶玉的眼神一直温和地注视着张晓枫，时而也看看站在他身边的女人。她说话的语速缓慢而且平稳，语气柔和而亲切。

“如果你觉得目前身体状况不好，尽快去医院做各类检查，拿到相应的诊断证明和单据，我们回过头来再做进一步调解比较好，毕竟赔偿的每一分钱都是要有相应的证据来支持的，不是咱们说赔多少，对方就能给多少，也不是对方给多少，咱们明明不合意还要去答应的。所以，我建议你们先去医院看病、治疗。当然，这可能得花些时间，但对方表示，不管多少时间多少钱，他都愿意配合，等这些医疗过程结束了，再来结案。”

张晓枫夫妇俩互相看了一眼，一时没话了。

“如果你们想先结案，不想耽误后面的时间，自行看病、治疗、休养，对方同意一次性支付你两千元作为赔偿金。我想他也是通过深思熟虑才作出的决定。你想，一个出租车司机能有多少钱。他为什么希望你们先看病再结案呢? 因为他有保险，即便产生多少费用都是保险公司赔付。如果是一次性赔付，这两千块钱的赔付金是他自己出的。就看你们的意见了。”

陶玉知道，对面的两个人一定在她的话语里找着对自己有利的建议在听，他们自己最清楚这个案情的具体情况怎样。陶玉之所以这么强烈地建议对方先去看病，因为她断定对方根本不可能去医院。她看过张晓枫的腿，心里有数了。再有就是在调解书上还明确地注上了两辆车均没有发现明显划痕，这已经说明了一切。

“至于你刚才提到的涉嫌逃逸，我这里没法给出任何意见，因为事故认定书上并没有这么定责。如果这么定责了，交警也不会建议你们来这里了。你也有权利对事故认定书在三日内向上级部门提出异议，然后采取法律诉讼请求，当然你依然需要提供相应的票据作为证据支持。”

“该说的我都说了，我还是建议你，有病先看病，这个不能耽误，剩下的事咱可以慢慢解决。好，你们商量一下吧。”陶玉给出了最后的建议。

陶玉站起身，拿着自己的水杯看了看，里面还有些剩茶根。她走出了调解室去对面的水房倒干净，然后回来，又拿出抽屉里的新茶叶倒上，到饮水机前接水、沏茶。这一系列动作都是这么不紧不慢，平静自如。她的目的是要腾出时间来离开这夫妇俩，给他们时间去商量、决定。陶玉心里有一点点打鼓。那是她自行判断、自作主张的结果。

短短的几分钟，可以说，陶玉赢了。

对方不情愿地接受了陶玉提出的两千元的赔付金。

出租车司机在第一时间就让同事送过来两千元钱。他对张晓枫有说不完的歉意，对陶玉有说不出的感谢。他还是掩饰了一下自己内心的喜悦，赶紧离开了调解室，拉他的活去了。

张晓枫的老婆把钱放进兜里，耷拉个脸转身向门外走。张晓枫倒是点头跟陶玉打着招呼，然后一溜小跑地追他的老婆去了。

“陶姐，你太牛掰了。调得真漂亮。”乔桥早就按捺不住了，他真是由衷地佩服起陶玉来。

“你们也看出来了吧?”陶玉总算舒了一口气。

“哎呀呀，钱这个东西呀，真不是个东西。狮子大开口啊！五千，想什么呢！有病看病，五万都没事。但如果就奔着讹人去了，那咱就得帮他端正一下了。”陶玉知道，刚才她没有征得出租车司机的同意，就自作主张地帮张晓枫夫妇端正了一把。

第六章

要的就是这个刺激

“高律师，你能不能说说陶玉姐啊？本来我能接过来的案子，她倒好，都给调了。我又不能太明显。上回那个刘翠玲的案子，事后陶姐问我半天，说为什么人家想调解不去给试试就直接让他诉讼了。我说人家自己愿意诉讼，她才没再追问。她现在这样，弄得我跟做贼似的。她在北京守家待地有点儿工资就够，那我得靠这个提成啊！要不我吃什么喝什么？北京的生活成本越来越高，我不这样你能给我这么高的提成吗？”

何佳佳在给高强的电话里一股脑把这阵子的憋闷全部倾吐痛快了。目前的她有点儿讨厌陶玉了，觉得陶玉碍她很多事，碍事务所很多事。她甚至有点儿讨厌陶玉的年龄。毕竟陶玉的外表在事故调解上占了优势，她成熟、老练、平和的气质让进来调解的人会第一个想到她。就连队里上上下下的警官也都愿意多和陶玉接触，特别是那个郭帅，对陶玉有一种特别的劲儿。何佳佳想不通。

再有就是何佳佳从高强那授意过来的任务她又不能和陶玉、乔桥明说。她除了那可怜的基本工资以外的提成部分，是要靠给律师事务所拉诉讼案件来提取的，所以她当然希望越大的案件、越是赔偿数额高的案件由她拉到律师事务所为好。

陶玉的脑子里除了当事人就是各类的法律法规，还有赔偿依据以及赔偿金额的计算方式。她知道，要想做一个称职的调解员，没有过硬的专业知识是绝对不行的。她不能接受当事人因为她的不专业受到半点儿损失。她接触的案件越多，就越想把每一项法规记得牢牢的，吃得透透的，再灵活地运用到每一个当事人身上。她要把所知道的一切都提供给所需要的人，提供给需要她的人。

她急匆匆地来到事故组，来找郭玉恒。

“郭帅出警了，你要不等会儿他？”肖娜热情地招呼着陶玉。

“那得等到什么时候啊！这出警哪有个谱，我还是回去等吧。麻烦你让他回来叫我一声。”陶玉早已和肖娜混得很熟悉了。好像让她们的关系发生质的飞跃的一点，是陶玉送给肖娜一瓶她说好闻的香水。

“你找他有什么事啊？我给你转达？”

“暂时保密。”陶玉卖着关子，走了。

“好话不背人！”肖娜嘟囔着，有点儿不悦。

郭玉恒疲倦地坐在办公桌前，面无表情地呆坐着。肖娜赶紧把水杯递给他。

“这是今天的第七个了吧？怎么样，立案了？”肖娜关心地问道，“是不是又一天没正经吃饭啊？老这样，你那胃病能好吗？”凭她对郭玉恒的了解，他一定是累到极点了才会显露出现在这样的神态。

“哪有胃口啊！今天是什么日子啊？真是见鬼了！”郭玉恒长吐了一口气，独自感叹起来。

“早点儿回去休息吧。哦，对了，陶玉今天来找过你，说让你回来叫她一声。明天再说吧，今天你也该下班了，走吧。”肖娜动员着郭帅早点儿回去。

“哦，我先歇会儿再找她吧。”郭玉恒闭着眼，脸冲着天花板，伸展着身体。

“走吧，走吧，咱一路。你今天这么累了，明天再说吧。她能有什么大不了的事啊。”肖娜对郭玉恒的样子有点儿不解，也带出了一些不满。

虽然肖娜很不愿意看到郭玉恒这么累了还要和陶玉谈事情，但她下班路过调解室，还是叫了陶玉。

“快点儿上去吧，郭帅正郁闷呢。我都成你们俩碎催了。”肖娜阴一句阳一句地甩着话，下班走了。

陶玉推开郭玉恒办公室的门，见他正在洗脸。

“听说你郁闷呢，怎么了？是不是我来的不是时候啊？”这段时间以来，陶玉和事故组的一些警员也都算是朋友了。工作上的你来我往让他们有了不少的接触。陶玉站在一个局外人的角度，近距离地认识了他们，了解着他们。

“没事没事，就是有点儿累，我已经交接完了，现在下班了。你有什么事?”郭玉恒打起精神。

“下班了?那我不耽误你吗?要不我请你吃个饭吧，是有点儿事想和你商量。平常也逮不到你。”陶玉早就想请郭玉恒有空一起去坐坐，吃个饭，喝个茶。她来交通队这么长时间了，没少得到他的帮助，她总想找机会表示一下。但郭玉恒太忙，即便见面，他们也总是匆匆忙忙地擦肩而过。

“行，那就让你破费一回，我还有个要求：想吃辣的，越辣越好。你行吗?”

“太没问题了，姐奉陪。干吗那么想吃辣的呀?害口呀。”陶玉开着玩笑，咯咯地笑出了声。

“刺激。”郭玉恒早把医生对他的叮嘱忘到一边去了。他觉得心里堵得慌，似乎他今天要是不吃上这顿辣的就能憋死，也只有对不起自己那有病的胃了。

郭玉恒换好了便装，一身休闲装束来到调解室找陶玉一起走。何佳佳眼尖，一眼就看见了他脖子上戴的项坠。这是一根普通红线配上的一块色泽通透、质感油润的玉坠。“郭帅，你这玉坠不错呀!”

“好眼力啊小丫头，哥戴的不是玉坠，是寂寞。”郭帅跟何佳佳逗着，笑着。

何佳佳眼巴巴地望着陶玉和郭帅出了大院门，心里有一股说不出的酸劲儿。

“火辣人间”火锅店。

刚一推店门，就被店里散发出来的浓重的香辣气撞了个正着。郭玉恒眼睛都开始发亮了，没等坐下，就连连夸赞陶玉带他来了一个从没来过的好地方。

他们除了点了这里的极品辣火锅之外，郭玉恒还点了三个凉菜，居然也是辣的。

“我看你是无辣不欢啊。”陶玉自认为就够能吃辣了，看来她今天要败给郭帅了。

“嗯，刺激。出汗，喝酒，痛快。”

郭玉恒盯着眼前深红色的火锅汤底，被旺火烧开，不停地翻滚着。里面红亮亮的辣椒就像一个个跳动的小精灵跃入他的视线，他恨不得把它们都捞出来放到嘴里大嚼，好像那样才让他的嗅觉、味觉，直至他的胃、他的心都能得到强烈的刺激，他会觉得很过瘾。

陶玉隔着火锅泛起的热气望着对面的郭玉恒，觉得自己仿佛在欣赏着一幅虚幻又充满阳刚之气的油画。她是头一次这么近距离地端详郭玉恒，她从未注意过他的眉宇原来还那么富有个性。有棱角的面庞只有配上他这样的眼睛，才能令人觉得男人的硬朗背后一定会有柔情。陶玉对郭玉恒看得走神，让她觉得有点儿不好意思。

“我先敬你一杯吧，然后再张口说想麻烦你的事。”陶玉大方地端起酒杯。

“你算了吧，你麻烦我肯定不是跟交通有关的事。队里现在谁不知道你啊？有关这方面你太门清了。你业务能力真是太强了，我们都没有想到，真的。没想到一个队里‘编外’的调解员把案件处理得那么漂亮。说实话，很多案件，我们队里的调解员都没有能力做到调解成功。你知道为什么吗？不是专业知识不如你，而是没有你那份心。为这个，咱们喝一口？”郭玉恒发自内心地佩服着陶玉。陶玉的工作成绩他早就看在眼里。他越来越欣赏她。他甚至不切实际地幻想过，要是和她成为工作搭档该是多么舒心的事啊。

“我想让你跟队里说说，让我跟你们出一次现场。”陶玉直接说出来她想了很久的这件事。

“你有病啊！血了呼啦的，看它干吗？”郭玉恒说着话，并没有耽误往嘴里送着食物。

“想了很久了，也不知道为什么，就是想去看看。”

“我劝你啊，能不去就不去吧，受刺激。我今天接警七个，你说今邪门吧——件件人亡。我们可是经过专门训练的，习惯了。你说换作你，能不受刺激?”郭玉恒知道，要是对面坐着的是别人，他绝不想再提起今天的这些事。每天面对的都是这些伤亡事故，第一时间目睹着家破人亡、妻离子散、生死离别的痛苦，他即便是职业警察，也觉得压抑。外界很多人都觉得他们警察冷酷、麻木、没有人情味，可他知道，他们这群人的怜悯、同情、伤感、遗憾等这些情感因素，每一天都被会那些从天而降的灾难淹没着、吞噬着。他们几乎随时随刻地被突发事件刺激着，想不麻木都不行。

陶玉有点儿后悔，她知道郭玉恒并不太想在工作之外还去谈论这些。“受刺激”这三个字也并不全是为了让陶玉知难而退，其实也是在说他自己。

“看多了这些你就知道了，这人那，活着就好。不管怎么活，只要是活着就是真好。”郭玉恒咕咚咕咚地喝着冰凉的啤酒，陶玉看着都打寒战。

陶玉望着眼前的郭玉恒，想着他的话，忽然想到自己没做这个工作之前那副百无聊赖的样子。那样真的就好吗?

“我说得对吗?”郭玉恒追问着陶玉，“因为活着就有机会。”

陶玉重重地“嗯”了一声。

“今天，长盛大街十字路口，爷孙俩被一辆依维柯撞出去二十多米，当场死亡。一点缓儿都没有。老人六十六岁，孙子四岁零两个月。我们勘察现场的警官都不像平时那么自如了。孩子穿的是系带的鞋都飞出去老远，南北各一只。满地的芹菜、胡萝卜和摔碎的鸡蛋，还有给孩子买的吃的。家属到现场都哭不出来了。你说，你看着这些能往下想吗?——他们回家要做什么?老头把买来的东西交给老伴让她做饭?可爱的孙子吃着刚买的零食摇晃着小身子看着电视?我们在现场没空想这些，必须抓紧时间勘查、照相、测绘、走访目击证人、搜集证据、善后处理、立案。这就是我们全套的工作。其实，你现在做的是我们最重要的调解、结案的环节。虽然咱们出现的地点、看到的场景不一样，但咱们面对的可能就是同一起案件。”

陶玉真是后悔怎么会提议请郭玉恒吃饭，她觉得在哪谈论这些都比在饭桌上谈论好。可这些话题，不管在哪谈论还不是一样的血腥惨烈。陶玉专心地听着郭玉恒说话，她已经半天没动筷子了，只是不停地独自喝酒。

“被我说的吓着了吧？你怎么不吃啊？来，来，咱换个话题，聊聊你那儿吧。”郭玉恒搅拌着火锅里的东西，又夹起涮好的毛肚放到陶玉的碗里，自己也夹了一筷子，蘸了蒜泥香油的小料直接入口。看得出，他所说的这些话题，丝毫没有影响他的食欲。

“你那儿也热闹着呢吧？”郭玉恒笑笑，他太熟悉调解这块了。

“热闹，是真够热闹的。吵架的，矫情的，窝囊的，不讲理的，糊涂的，讹人的，全是这些。这还能不热闹啊。”

“嗯，就是这些。你习惯了吧？”

“习惯很多了，开始真不行，有些人或事，我看不惯，自己真跟着生气。”陶玉回答着。

“你就记住了：不管怎么闹，最后也得解决，对吧？先由着他们折腾去呗，最后，谁也绕不出一个‘法’字。这样想，你就踏实了。”

陶玉觉得，郭玉恒是在给她指点迷津。他说出的每一句话都是那么自信，那么掷地有声。

“实话实说，调解是最难的，你的活不好干。说到底，你的工作就是把看似冷冰冰的法律，运用到当事人身上，不管他是哪一方都是要依照这个获取权益或履行义务的。其实，你的工作就是把权利和义务摆平的事。你调解的不公平，人家不服啊。你说是吧？”

“你说得真好。”陶玉听得入了神。她每天忙碌地工作着，似乎从没想过这些看似深刻，却又很实际的问题。

“这就算好了？咱也是硕士研究生毕业呢。虽说是后来进修的吧，但我也力求‘证书面前人人平等’啊。哈哈哈……”郭玉恒开怀大笑起来。他的笑声那么豪爽，那么通透，跟陶玉平时看到的他判若两人。

饭桌上的气氛越发活跃起来，陶玉虽说跟郭玉恒不是那么陌生，但这样和他单独在一起还是头一次。她感受着对面这个男人带给她的不一样的成熟和热情，也被他的直爽不知不觉地感染着。

“你三十几呀？有孩子了吗？”陶玉试着把话题挑得再随意些，既然已经是谈得来的朋友了，问问这点儿小隐私该不算什么。

“三十四，有个女儿，快七岁了。你呢？”

“我比你大好几岁呢，快三十九了。我可没有你的福气。”陶玉的自信也表现在她向来都会大大方方地说出自己的年龄。

“平时谁帮你们带孩子，奶奶还是姥姥？”陶玉像个大姐姐，一边往锅里下着蔬菜，一边关切地询问着。

“谁也不管，她妈自己带，都带到加拿大去了。我们离婚了，孩子四岁就跟着她走了。我现在除了想孩子，真是一人吃饱了全家不饿。”

“呦，真不知道，对不起啊。”陶玉恨自己多嘴，好在郭玉恒并没有太在意。

郭玉恒放下手里的筷子，将手伸进T恤衫的领口掏出他脖子上戴的玉坠，往前探着身子，尽量让陶玉看清楚似的。那小小的玉坠被他粗大的手指头正反面地翻弄着，虽然显得不是很协调，倒也更显出玉坠的精美。

“这个是我女儿的，其实是我在她很小的时候给她买的，人家都说女孩儿戴玉好。我买了，她妈不让戴，说孩子太小怕出意外。想想也是。我就在她走的那天自己弄个红绳戴上了。”

郭玉恒知道，自打他戴上了这个本是给儿女买的玉坠，他就没再摘过。哪怕是红绳被汗水浸脏了，他只是拿下来洗干净，不等红绳晾干就赶紧戴上。那就像是女儿时时刻刻地贴着他，陪着他。他隐约觉得不管孩子在哪，他都在保护着她，她都在保佑着自己。

郭玉恒手机响了，他示意陶玉稍等。

电话是事故三组的小冯打来的，有接警任务，人手不够了，问问郭玉恒这边可不可以支持一下。

“早知道我就不喝酒了，现在怎么弄啊？我肯定不行了，你问问队长，看谁还闲着呢。今儿就饶了我吧。”

郭玉恒挂上电话冲着陶玉说：“这就是我平时轻易不敢喝酒的原因，

说不定什么时候就有事。”

“那今天真是耽误你了。”陶玉觉得抱歉。

“不耽误，他们能安排开，常事。来，今儿是真想喝，还得喝痛快了。”郭玉恒一仰脖，干了整整一杯。他的确很久没这么痛快地喝酒了，也找不到个适当的理由。

今天的几桩案子让郭玉恒觉得胸口憋闷，好像被一团浸足了水的破棉絮堵着，上上不去，下下不来。他恨不得狠狠地抓几把自己的胸口，好让这心也能豁亮点儿；又恨不得用个硬棍上下捅它几下才能舒服点儿似的，总之就是觉得闷，喘不上气来。

“现在的人一个字‘忙’。忙着工作，忙着挣钱，忙着供房子，忙着买车。然后就急火攻心，再忙着出事，好像没个消停。”

“真是这样，你看来调解室的那些人，多数都这样，气哼哼地不依不饶。其实出事了就够心烦的了，再因为赔偿问题双方达不成协议就更闹心了。来来回回，得耽误多少时间啊！”陶玉回想着这段时间以来他们每天面对的这些当事人，哪个不是抱着这种心态来的呢。

“你行，你有技巧，你处理的几个卷宗我都看了，很不错。”郭玉恒今晚已经不止一次夸陶玉了，他是由衷地夸赞她。“所以我说，你就踏踏实实做你的调解吧，有什么不清楚的可以随时问我，别老想着出什么现场了，有些场景看见了就难免会想，时间长了对你心理有影响。”郭玉恒再一次诚恳地阻止了陶玉要去现场的想法，陶玉也不好再坚持。

就像郭玉恒说的那样，陶玉现在的工作确实越做越顺手，由于案件类型的五花八门，她的经验也在不断地积累着。更关键的是，陶玉对前来调解的人都抱着一颗公正善良的心。她想通过自己的专业知识给这些遇到烦恼或遭遇痛苦的人带去一些帮助。每当她看当事人双方达成和解，离开调解室，她都会觉得自己现在是一个对别人有用的人，她感到很快乐，也很满足。这种快乐和满足，是在她以前做生意、潇洒快活的那种日子中所不曾体会的。

第七章

高强抛出的“炸弹”

几个月下来，高强很少再去调解室。至于那里的工作，他根本也不关心。他关心的是何佳佳能给他带回来多少诉讼案件。他们当初要做这个项目的根本用意其实是在这里。这一点他除了跟何佳佳、老朴说过以外，别人都不知道。何佳佳是因为需要钱，所以她是最合适的人选。老朴就一个要求：别跟陶玉说这个，也不要给她定任何任务压力，她能做多少就做多少。至于工资，他们几个调解员是不通气的。老朴唯一的要求就是不要用业务提成来对陶玉。他知道他们事务所给的保底工资实在是低得可怜。陶玉除了保底以外的那部分是老朴出的，别人他管不着。老朴知道陶玉没缺过钱花，即便是后来坐吃山空也还没到真要吃空的份上。事务所出的那点儿工资，会让陶玉觉得自己没有价值，没有面子。所以，老朴做的这一切，陶玉并不知情。

老朴的生意按部就班，哪有那么多闲心去管这些。他只知道两点：第一，这个事毕竟是章占军帮忙才达成的，别给占军的工作带来不好影响就行。第二，只要陶玉有点儿事干，他就高兴。

自从陶玉关了她的修理厂，老朴曾几次在他的生意中给她安排了位置，甚至和她谈过，给她个独立的项目让她来做。陶玉一个都不应，宁可在家闷着也不来参与。老朴也没想到，目前这个事，从章占军那里得回来的反馈还是不错的。陶玉自己也干得挺带劲儿，甚至已经超出了老朴的预想。他又有点儿后悔了：他现在就是想约陶玉出去打个牌、吃吃饭、放松放松都没有机会了。可静下来想想，他还是高兴，毕竟陶玉是因为他的努力和建议，才有了现在的活力。他更喜欢现在的陶玉。

老朴以为，调解的项目就这么踏实下来了，他该干吗干吗。他哪知道，高强和马律师那里，正唠叨起他来。

高强从座位上站起来，整了整要拿上的报表，惴惴不安地向马律师的办公室走去。

马律师的脸色不是很好看。高强心里也明镜似的：最近接到的案子并不多，整个事务所每月的开销明摆着，有进项没进项都得支付这些花销，再加上由于业务不多，基本工资以外的提成部分就少，大家也都有了些怨气。高强主管对外业务，公司的财务状况他怎么能不清楚呢？可手下这几个律师，能接的活一个也没落下，就连他们原来看不起的那几个小单位请他们做法律顾问的活都接了。总之高强明白，马律师找他就是敲打他，提醒他，让他赶紧找能进钱的活。

“交通队那边的事你是怎么想的啊？据说他们每月的调解数量可不少呢。诉讼的为什么就这么少？”马律师早就想问高强有关交通队调解的事了。但每每想到这里乱七八糟地安排，还牵扯老朴，就想看看再说。毕竟老朴是高强引荐的，他怎么也要给高强点儿面子。他也不想把高强逼得太紧。可眼见着几个月过去了，事故咨询、调解的数量真是可观，诉讼的案件却少得可怜，这个有点儿反常，根本不成正比。

“我也正在考虑这件事，正想找……”

没等高强说完，马律师就像被触碰了最敏感的神经一样，声调高了起来问道：“考虑？开始怎么不考虑清楚呢？现在这状态，我们几乎就是在花着钱做着公益。交通队的业绩上去了，当事人双方满意了，还有那个叫乔桥的工资上去了。我们呢？收益在哪呢？”

乔桥的工资也是一开始高强有意这么安排的：他是按调解、咨询的数量拿提成。这段时间以来他的工资稳定，而且提成也越来越高，这点让马律师有点儿不爽。毕竟他还不像何佳佳拿的那部分提成，是自己带着案子过来才提，乔桥的这部分就等于是律师事务所白白出的。

“当初这么安排，我也是没办法的办法。那会儿老朴就这一个要求，不能给陶玉有业务压力，所以我不能指望着她来做这块。那个乔桥有点儿愣头青，我怕他把诉讼拿返点的事说出去对咱影响不好。我再看看怎么调整一下吧。您别着急，我想办法。”

“我不管你想什么办法，必须有案子回来。你算过这笔账吗？我们不光是每月这点儿费用的问题，司法口这块的每月提成我拿什么给啊？照这样下去，到年底的分红，可就不是分红了，分的就是咱的血本！如果我这边的关系维不住，咱以后在这圈里还怎么混啊？我不管你多难，这边必须想办法把诉讼的案子拿回来。至于老朴，你看怎么说吧。不行就跟他摊牌。我看陶玉确实能力不错，如果她往回拿案子，你还有什么可急的啊。”

高强心里这个堵啊，真是不干事没错，越干得多，错越多。可他就是心里再不高兴，也不敢表现出来，只有频频点着头。毕竟马律师在这圈里有他的业务能力和权威，高强不敢轻易得罪他。

他想给调解室重新作个调整，当然，他首当其冲想到的是老朴。

约了老朴一周，他们才有机会再见面。这一周，何佳佳这块依然颗粒无收。

高强这次没有任何花活了，一五一十地对老朴全盘说出他的想法。他知道老朴是生意人，他觉得还有刺激老朴的砝码。

“我的分红？这点你在开始的时候咱不是已经说好了嘛。可我要是真指着，我就太傻了。”老朴不屑地回应着高强。

“你们能给我多少啊？我一个工程下来，够顶你们事务所一年的利润了。我也跟你说了，安排好我朋友的工作就齐活，别的我不感兴趣。要不我当初凭什么去托人拉关系促成这事啊。”老朴说话的语气也强硬起来，他从一开始就看不起高强他们遮遮掩掩、抠抠搜搜地干事的样。自己本来也没打算在这里捞什么，所以他根本不想多费心思。

“大哥，还得请您多为我们想想，现在这样，我们几乎是光往里搭钱，收不回成本啊，连人员工资都回不来，您也是生意人，您算算这笔账。”

“拉倒吧，快别提你们出的那点儿工资了，要是我都嫌寒碜。今天我不是想跟你掰脸儿，要不是我体谅你们刚开始干，效益估计不会好，你们给陶玉那点儿保底，我都不让她来。要不，我凭什么出钱，让她给你们干活啊！你说对不对？”老朴的说法一点儿不假，当初他也是这么和高强谈的。他只要陶玉高兴，不给她压力，他给陶玉出的那点儿工资太不算个事了。他想不通，他都做到这份上了，高强和那个马律师还是不满意。“这不是贪得无厌吗！”老朴心里骂道。

高强在老朴的气势之下，思路有点儿乱了。现在这局面超出了他来之前的预想。他以为他站在老朴的角度，把分红的美景描述得再绘声绘色一些，老朴准会更动心。毕竟生意人谈钱是最乐和的事了。现在反而招来了老朴不软不硬的羞辱。高强的脑子里，又出现了马律师那半阴不阳的脸儿。他还得鼓足勇气，迎着老朴这强大的气流往上冲。

“那您能不能跟陶玉谈谈，让她放点儿案子？”高强加着小心，用商量的口吻说道。

“我怎么谈啊？她还不炸了呀！你了解她，还是我了解她？再说，她现在做的哪不好啊？你去交通队打听打听，上上下下没有不认可她的。我跟她怎么张这个口啊？她的案子多，又不是她从那两个人手里抢来的。你让那个何佳佳积极点儿不就完了吗？真逗！”老朴鄙视地斜眼白愣着高强。

“陶玉做得出色，你们律师事务所在交通队有亏吃怎么的？这不也是给你们带来好口碑呢嘛？”老朴越说越生气。“这不傻吗！”他心里骂着。

“大哥，我要的是诉讼案子！是钱！有钱才能在司法这个圈子里打点，我要的是对这边的交代啊。”高强说出这话，也真是被老朴逼得实在没辙了。

“我现在就想跟你商量，我去找陶玉谈谈，你看行吗？这样，我就把整个调解组的工作重心明确了。陶玉的能力是最强的，你放心，那样的话，她的提成肯定比现在高，你也就不用每月出这份钱了，这样还不行吗？”

高强的这番话，倒真像一颗威力十足的炸弹在老朴面前引爆了。他太了解陶玉了，就连以前牌桌上他赢她的钱他都不能再还给她。这要让陶玉知道，现在每月是他老朴在帮她支付着工资，陶玉别说感谢他，就连现在他们刚见起色、更进一步的默契和谐的关系也不会再有了。到那时，他真保证不了他还能留得下她这个朋友。当然他更清楚，陶玉最初同意做这个工作，是因为他撒了个谎。他骗她说是自己投了钱，是他自己的项目，可没有人手。陶玉是冲着帮他才同意的。他太了解陶玉了。她心眼好，仗义。但她更好强，而且，自尊心极强。

高强无意中抛出的这枚炸弹，顿时让老朴哑声了。

和高强的这次谈话算是不欢而散，高强也没再坚持马上就找陶玉。他虽然迫于马律师和公司目前业务的压力，但他还是不敢在老朴面前太造次。他知道老朴的难处，也早就看出他对陶玉的那点儿心思。高强不想在这个时候太冒失，他在等老朴去处理。

“到底陶玉都做了什么，让高强和马律师这么闹心？还必须面谈？”老朴愤愤地想到。

老朴这阵子虽说跟陶玉见面少了，但好像心里很踏实。偶尔在晚上跟陶玉通个电话，老朴觉得也不错。通过听筒，听着那头时而嘻嘻哈哈，时而义正词严，时而又娇声嗔怪，老朴的思绪就像是被陶玉带上了过山车，时而激动不已，时而自哀自怜。他总觉得陶玉根本不用费吹灰之力，就能把他这个五尺高的汉子深深吸引过去，又能自如地推开，让他云里雾里摸不清，即便触及到了，也是蒙着一层撩不开的纱。

老朴今天比以往任何时候都想陶玉。他也不知道是不是因为高强的原因。和高强分手后，本想回公司的他却调转车头，向陶玉所在的交通队驶去。

调解室这个时候估计是乔桥跟何佳佳最喜欢的。送走了刚才来咨询的一男一女——双方当事人，乔桥的黑夹子里除了又多了一份表格以外，没有任何调解结果。他们双方车辆在二环路上剐蹭。女方的车更高档一些，而且是次要责任，她不知道应该怎样让对方赔付自己才不至于吃亏。男方也想知道自己在这起交通事故中到底会赔付多少钱，他心里没底，也需要个明白人帮他估计一下。再有就是他的车没有上保险，他心里嘀咕。

当乔桥给他们算清楚各自的损失，以及按双方责任的轻重应该赔付的金额，那开好车的女方不干了，特别是男人只顾着心里盘算自己的那笔小账，也不会客气点儿，哪怕是假装客气的话都没有。女当事人二话没说就走了。

乔桥高兴了，又一份登记表“落袋”，还没废话。他继续在电脑上浏览着网页，找着要下载的游戏。

娇小的何佳佳在这个调解室，除了她的声音时而在屋里飘来飘去，没有事的情况下她要不就上 QQ 聊天，要不就跟她那从不离手的苹果手机较劲儿。谁都不知道，她哪那么多的电话和短信。她还是比较注意影响的，虽然陶玉和乔桥从来不在意，也没暗示过不满或点过她，她还是会避讳些。何佳佳能随时沉浸在手机屏幕上给她带来的欣喜，之后就会冲着手机微笑。

老朴不请自到，推门进来，一眼就看见了正对着他的陶玉。

藕荷色的西服上衣把陶玉的人衬得很是精神，乌黑的短发随着陶玉低俯的头顺着她的脸颊自然垂下。这是陶玉新做的发型。她已经记不清自己多久没留过直发了。她的头发向来都是蓬松曲卷地披散着，要不就是高高盘起。这种小清新的感觉，她久违了。所以美发师动员她拉直的时候，她还是感觉自己的脸红了一下，怕跟自己的年龄不相称。

陶玉正低着头，拿着计算器不停地算着什么。老朴进门的一瞬间除了听见点击鼠标的声，就是计算器的按键声。

“请问，这是调解室吗?”老朴故意大声地夸张地问道，以至于何佳佳第一个看见他，并没有像以往那样机械地打招呼。她也看出进来的这个人应该是在开玩笑。

陶玉抬眼看见老朴出现在屋里，觉得很惊讶。她瞪大了眼睛，上下打量着老朴。她脑子里瞬间出现了一个念头，“他怎么了？没出事吧？”很长时间以来，她已经习惯了把这个屋子里出现的人，第一反应成当事人。也是，谁没事愿意往他们这个地方跑啊。

“我以为自己到了公司的财务室呢。”老朴逗着，看看调解室四周的陈设，直步走向陶玉。他像前来调解的当事人那样，拉出椅子坐下。

“什么财务室啊，你真能闹。”陶玉放下手里的活，身子往椅背上仰了仰，正好舒展一下。

“这不像财务室吗？瞧您这个算啊！算什么呢？需要算盘吗？我给您找去。”老朴逗着乐。

“干吗来啦？也不打个电话。”陶玉没理会老朴的话，她正在给她的一位当事人计算赔偿金额。她就是跟老朴解释，他也不懂。

“这是何佳佳，这位帅哥叫乔桥，我同事。这位是我的朋友。”陶玉一口气把相互的介绍工作做完。老朴就着陶玉的话音，向两个不同的方向侧过身体，只是点头算是和乔桥还有何佳佳打了招呼。何佳佳懂事地在一旁拿出一次性水杯接了温水给老朴递了过来，又瞄了老朴一眼。

老朴早就知道调解室还有这么两个年轻人，只是没见过面，也没有必要见面。要不是陶玉在这儿，老朴这辈子都不会来这里，别说是没有事让他们调解，即便真有了什么事，就凭他跟交通支队或一些大队的关系，也能轻而易举地摆平。

“你今天怎么来了？不忙啊？”陶玉不知道在这里应该和老朴说什么，只会这么问。

“没你忙。”

老朴的话音未落，门外又进来一位四十岁左右秃头的男子。男子环视了一下屋里的情况，向陶玉这走了过来。虽然看见陶玉的办公桌前有人坐着，他还是站在老朴的身后等着，也好像要先听听这位调解员是怎么给人家调解的。

老朴和陶玉对视了一下，觉得有些尴尬。

“您有什么事?”陶玉先撇开对面的老朴，询问着男子。

“我想问问关于诉讼的程序，您这管吗?”秃头男子一口的北京腔，说话的同时把随身带来的一个纸口袋打开，“都好几个月了，当事人也出院了。这里有我们所有的费用单据，我们想再了解一下，还需要准备什么。”

“联系过对方吗？对方什么态度?”陶玉已经进入工作状态了。她跟秃头男子说着话，却看了老朴一眼。老朴没动身，扭过脸看着周围墙上的宣传展板。这叫陶玉不好意思让老仆离开这位子。

“你把所有的资料给我，我帮你看看，再有就是我帮你算一下各项赔偿的金额以及你起诉的胜算有多大。你把……”

陶玉的话还没有说完，就看见何佳佳走到秃头男子的旁边开腔了。

“陶玉姐，你忙你的，交给我吧。”何佳佳善解人意地看了陶玉和老朴一眼，冲着前来咨询的男子说道。

“您过这边来吧，把东西拿给我，我帮您做。”何佳佳急促地将秃头男子引到自己的办公桌前，帮他把椅子摆放好请他坐下，又给他倒好了喝的水。秃头男将满满一袋子的票据全部拿了出来，散摊在何佳佳的桌子上。

陶玉见案子已经转到何佳佳手里了，便压低了声音，征求着老朴的意见，说：“走，我带你到院子里溜达一圈去?”经过何佳佳的办公桌时，何佳佳特别温和地向他们点头。

出了调解室，站在院子中央，老朴没有跟陶玉溜达的意思。“这屁大点儿地儿有什么好溜达的。再说，要说这些办公场所我比你可熟多了。”

“还真是。”陶玉怎么会忘了老朴和这个口的密切联系呢。

“附近有咖啡厅吗？咱找个地方待会儿吧。”老朴建议。

“那可有点儿远，我这上着班呢。要不这样吧，离这不远有个卖酸奶的小铺，那里能坐着，咱就在那待会儿吧。正好你请我喝杯酸奶。”陶玉对老朴说。

老朴见周围没人，把头凑近陶玉的耳朵：“行，我就是请不了您喝人奶，请您喝酸奶那还叫事啊。只要能跟您这大忙人说会儿话，别说能坐着，跪着我都乐意。”

“真他妈贫，快走！”陶玉在有兴致和老朴贫嘴的时候往往会带出来一两句脏话。她知道这样不好，也会不好意思，但觉得这样跟老朴说话倒挺痛快的。

卖酸奶的店铺很小，跟路边的烟摊差不多大，门口处居然腾出了一小块地放了一张小圆桌和三把椅子，可以让客人稍坐片刻。这里不卖酸奶以外的任何东西，也算是有些特点，而且，一进屋就能闻到一股奶腥味，算是给这个小铺做足了广告。

“两个老北京酸奶。”老朴一边掏出钱包，一边对店员说。

“我喝俩。要瓷瓶的那种。”在一旁坐下的陶玉赶忙声明。

“哦，那您给来四个。”

四个圆嘟嘟的灰色瓷瓶让老朴的大手一把就放在了小桌子上。

“我最喜欢这种老北京酸奶了。”陶玉说着，拿过一瓶，把瓶口上的纸撕开，把吸管插进去，“你看，味道是没变，就是量比以前少了，以前酸奶都能到瓶口，你看现在才到哪呀。所以我得喝俩。”陶玉一边说着一边喝了起来。“你爱喝不爱喝呀，就跟我学要两瓶?”

“我得跟着党走，党喝几个，我就跟着来几个。”俩人呵呵地笑了。跟陶玉逗贫，对老朴来说是件很开心的事。

人要是开心了，脸上一定是会发光的，老朴觉得现在的陶玉就是这样。他认识陶玉多年，还很少见到这样的她。陶玉现在不光是脸上透出了红晕，就连说话和动作都显得那么轻松自在有活力。那种朝气能不知不觉地被老朴感受着，被老朴享受着。老朴越来越觉得从心底里喜欢陶玉，爱着陶玉。他真想把现在的陶玉归为己有，这样，他就可以天天沉浸在这种欣喜中了。

“工作累不累啊?”老朴尽量让自己的思绪回来，毕竟是刚才跟高强的见面，才让他来找陶玉的。

“不累不累，好着呢。每天都有案子，每天都有人来咨询，挺忙乎一天就过去了。现在回家还能准时准点做饭吃饭了呢。我好吧?”

“好，好。真好。早就该这样了。”老朴的这句话，那可真是心里话。

“早? 怎么早啊? 早你跟我提过这工作吗?”陶玉习惯性地在老朴面前矫情着。

“能少干就少干点儿，别那么累。再说，也不是什么案子都能调解得了的，不行就让他们起诉去呗，你也省事了。”

“跟你说了，一点儿不累。再说，来之前马律师他们给培训时也交代了，调解的目的就是要尽量缓解司法诉讼压力，降低诉讼率，能在这里解决的，何必要费精力费时间地上法院啊。所有的赔偿都是有标准的，打到哪去，也是该赔的赔，不能赔的一分也赔不了。这是很简单的事。就像队里的郭帅说的，有法管着呢，到哪都一样的。再说，起诉不花钱啊? 不管是谁花这钱，对当事人来说都是额外的一笔费用。本来出了事故就够恶心的了，再多花钱，那不是倒霉催的是什么呀!”陶玉唠唠叨叨，不知不觉间喝完了手里的酸奶，空嘬着吸管发出的“吱吱”声实在是难听。老朴赶紧把第二瓶也插好吸管，换回陶玉手里的空瓶。

“现在的人好像都很急躁，大案咱先不说，就说有的小剐蹭吧，其实真没多大点儿事，给调解一下也就过去了。可有人不，就跟气吹的似的，火气冲得要命，来这了还吵架，恨不得讹上对方一辈子才解气。都瞎掰，谁傻呀? 还能你想怎么样就怎么样? 把这些给他们讲清楚了，火气消了，基本就能调解得八九不离十了。毕竟都耽误时间啊!”

“照你这么说，那法院关门得了。”老朴笑眯眯地看着陶玉，跟她逗。

“抬杠吧你?”

“没有啊，我说正经的呢。”

“我说让法院关门了吗？我这不是说尽力嘛。你要摊上这种事，你烦不烦啊？能私下解决的，双方都认可赔偿数额，这不就齐了嘛。关键是得有我们这样的人，给他们划道，让他们明白：这样就公平了！心服口服。再说，又不是给他们瞎划道，是为了让他们赶紧解决了事走人，该干吗干吗去。费人耗力的，还不是自己损失呀！”陶玉白了老朴一眼，分明是不爱听他刚才说的话。

“告诉你，不是吹的。你现在随便拿出一起交通事故的赔偿来考我，绝不会出错，我各个能找到法律依据！懂什么呀你，快喝，我得回去了。”

陶玉把两瓶酸奶一口气喝完了，等着老朴。

“喝不了了，我一瓶就够了。要不你喝了吧?”

“不行，你想撑死我啊！食品不能退，不能浪费。就你这态度，分明是不想跟着党走了。”陶玉使劲戳着最后一瓶酸奶上的吸管，塞到老朴手里。

“快点儿，你就是喝两口也得给我喝了，我现在看不得浪费。挣点儿钱容易吗?”陶玉撒娇似的，再次缠着老朴。

老朴二话没说，大口大口地吸着。他对陶玉的这股娇嗔劲儿，受用得不得了。

他们走出小铺，在门口分手道别。郭玉恒正好开着警车从他们身边过，他停了下来，摇下车窗和陶玉打了招呼。在一旁的老朴往车上看了一眼，正好和郭玉恒对视了一下。陶玉没有给他们引见，简单地和他说了两句，郭玉恒便开车走了。

“再过一个月就五一了，你们也放假了，咱俩出去玩吧?”老朴也不知道怎么向陶玉提出这个建议的。

“就咱俩啊？上哪啊?”

“上哪不行，远点儿，好好玩几天。”

“还远点儿？还几天？那我不擎等着‘羊入虎口’呢吗?”陶玉哈哈地笑了起来。

“那是‘狼入羊圈’行吗?”

“别贫了，快走吧你。”

“那你考虑考虑上哪啊，我也想。”老朴乐呵呵地被陶玉轰走了。他一边走一边心里乐着美着，早把高强刚才给他带来的不爽忘到脑后去了。

第八章

一只鸟引发的交通事故

“陶玉姐，郭帅的电话。”何佳佳大声地叫着陶玉。

“上我这来一趟。”郭玉恒的电话简短得不能再简短了。陶玉感觉到，他那正有事呢。她放下电话，直接去了事故组。

还没进事故组的门就听见了里面的争吵声。

陶玉站在门口，看见四个年龄相仿的中年人在郭玉恒的办公桌前站着，分明是两个阵营，各为一男一女。陶玉刚进门，只知道他们在相互指责，但听不出来到底是因为什么。她等着郭玉恒发话。

郭玉恒见陶玉进来，冲着面前的四个人开了腔。

“当事人在医院的情况要等一段再看，你们先跟我们的调解员去谈谈吧，看看这事你们该怎么解决。”郭玉恒又转向陶玉，“我一会儿得开个会，他们交给你了，事故认定书还没出来，先给他们讲讲该怎么处理吧。这是医院刚出来的诊断书。”陶玉的第一个反应是，眼前的这几个人虽然吵着、互相责怪着，并不是当事人双方。

就连郭玉恒和陶玉交代的这么会儿工夫，双方还是不依不饶，声音大得快要盖过郭玉恒了。

“怎么着，还吵呢？是不是不想解决啊？别忘了，这一般事故认定还没下来呢，是不是惦记着刑拘俩才高兴啊！”郭玉恒的脸一下子沉了下来，变得让人看上去有些害怕，露出了常见的那种警察的威严。他的声音也变得严厉尖刻起来。屋子里顿时没了响声。

陶玉和郭玉恒对望了一下，并没有多说什么，“跟我来吧。”四个人自动分为两组，跟着陶玉回到调解室。

“怎么回事，说说吧。”陶玉坐到座位上，没抬眼看对方。她这句话就像一根爆竹捻，立刻让两个女人开了腔。

“他们先用车别的我们。”

“你怎么不说说我们干吗别你啊，怎么不别别人啊？”

“你成心的。”

“那你就是活该，你们撞的人，跟我们没关系。”

屋里这鸡一嘴鸭一嘴的，更像是掉进了蛤蟆坑。两个女人不甘示弱，旁边的男人也开始时不时地帮腔。

陶玉见状，轻轻地说了一句："要不这样吧，我们几个工作人员先出去。你们在这吵着，等吵完了，不吵了，叫我，咱再解决，你们看行吗？"

四个人谁也不说话了。

"吵够了？还吵吗？没吵够接着啊。"陶玉没客气，白了他们几个人一眼。

"谁开的车？"

"我。"两个男人同时答应着。

"他们俩开的车，你们这呛呛什么呢？你们俩男的，过来，先把事故的经过写一下。"陶玉分别给他们递过去登记表格。"上面的信息都写清楚了啊。"她这么做，也是想让双方都冷静一下。

"那这经过可太长了，写不了。要写，得从上周发生的事写起。"一个女人嘟囔着。

"上周就发生交通事故了？"陶玉成心反问着。

"不是，事故是上午刚发生的，但这事是因为上周他们引起的。"

"没问你上周、上个月发生了什么，先把事故经过写下来，听明白了吗？"陶玉一点儿好语调都没有。她知道，现在这个时候，面对这样的人，她要是再像以往那样温和的态度会控制不了局面的，双方方都会觉得自己更有理。

何佳佳和乔桥，分别把自己的桌子腾出点儿地方，让两个男人写着事情经过。他们各自的女人就像拉拉队的队员站在他们身后还不停地指点着、补充着。

陶玉紧锁着眉头，看着郭玉恒给她的医院诊断证明。两份，一男一女，年龄分别是二十六岁和二十四岁。居然两份诊断结果完全一样：左右腿粉碎性骨折。陶玉的脑子嗡地一下，不由得心里感叹着："多么好的年龄啊！"

"司徒鹤，是你吗？"陶玉拿起登记表看着眼前的男子，念着他的名字，"开吉普二五〇〇，是吗？"

“嗯。”司徒鹤已经没有了刚才的躁动，不过几分钟，就像一个泄了气的皮球。

“张志，你开的是马自达是吧?”

“是，马六。”站在张志左侧的女人在一旁插话。

“我问他呢，你让他说好吗？这么多人都说话，我听谁的呀?”陶玉没给那女人好脸色。

“张志，司徒鹤，你们俩谁先说说事情的整个经过?”

“我。”

“我先说。”

“你先说就不是你撞得的了?”

“真是笑话，要不是你能出这事吗?”

张志和司徒鹤就像被打了兴奋剂，转眼间又相互争吵了起来，任凭陶玉怎么劝都无济于事。他们最终还是在这种纷乱的气氛下，你一言我一语地叙述着整个事情的经过。陶玉在一旁冷眼他们：看着他们为自己的行为争辩着；他们为了撇清责任激动地和对方理论着。陶玉的脑海里出现了事故现场那可怕的一幕……

张志很早就和母亲商量要在四月八号这天给父亲过七十大寿。老爷子自打八年前得了脑出血之后一直坚持休养和锻炼，孩子和老伴也是怕他留下后遗症，时常督促着他坚持。还好，老爷子不愧是老北京人，从年轻时候起，没事的时候就喜欢个提笼架鸟的自娱自乐。他因为得了这个病，更把这养鸟的阵势铺得越来越大。张志的媳妇曾经说过，一来婆婆家仿佛就要和这些鸟儿抢话茬儿。因为屋里的鸟叫声总是此起彼伏。

张志和老婆商量老人家过寿该送什么样的礼物，媳妇觉得给钱应该更实惠，张志并没有答应。他告诉老婆，他给老爷子寻着了一份很特殊的礼物，保他高兴。他在十里河鸟市给老爷子看上了一只名贵的“红点颏”。

张志来鸟市已经是第三趟了，各家的商铺他都反复地看了。每次要离开市场的时候他都要再去司徒鹤的摊位看看。他手里的那只“红点颏”的品相最好，最令人喜欢。

张志自从看上这只“红点颏”就放不下了，他非跟老婆说和这只鸟有眼缘。要是给老爷子把这只鸟买回去，他一定乐得合不拢嘴，估计得天天在那些遛鸟的老人面前显摆。

“多少钱啊?”正在一旁剁饺子馅的张志媳妇赶紧问，她看重的绝对是钱。

“店主说低于一万一千块钱不卖。这是他的名片。”张志把司徒鹤的名片递给老婆。

“你别逗了，这么贵，我看你是疯了。不干。”张志媳妇气得把手里的名片扔得老远。

“给五千块钱还不行，还要花一万多块买个破鸟，你烧包啊！”剁馅的声音更大了，还带着一股子怨气。

“是老头七十大寿唉，你懂不懂事啊！他有过什么爱好，不就喜欢遛个鸟嘛。这事没商量啊！”张志是远近闻名的孝子，生意做得顺风顺水，这让老两口在亲朋好友面前赚足了面子。再有就是老爷子的暴脾气让他从小就发憷，他时刻都想着能用什么方法来换老爷子的高兴。

张志和媳妇一起，又叫上了个玩鸟的朋友，去鸟市，直奔司徒鹤的摊位。

司徒鹤显得并不是十分热情。他明白，买家越是看上的货，他就得更显得不屑。他做足了“好货不愁卖”的架势。

张志在一旁看着他已经看了好几次的那只“红点颏”，体态娇小灵活，羽毛油光发亮，眼睛也是又大又圆，关键是它胸前的那片“脯红”更是扎眼。“一万多块啊，估计这片红毛就得值个八千。”他心里这么想着，和一同来的朋友商量着。

“低于一万一不出。”司徒鹤早就认出这个来了四次的中年男人。他知道他的这只鸟，今天应该能易主了。

讨价还价数次，张志媳妇不耐烦了。“不就是只鸟嘛。您便宜点儿，我们也就拿了。”

“就跟这人和人似的，能一样吗？这鸟也是啊。都是红颏，也有便宜的，几百的，甚至几十的都有，您问问懂行的，它能是一码子事吗？”司徒鹤做起生意来拿捏对方的心理那叫一个到位。

最终还是张志的朋友出来打了圆场，他说了好多关于鸟的产地、收来的气候以及入笼怎么费劲儿等只有他们养鸟的人才听得明白的话，总之劝动了司徒鹤便宜了一千块。

张志无论如何也没想到，当他把蒙在鸟笼外边的兰套子取下来，满心欢喜地呈给老爷子的时候，老头的脸立马拉了下来。他一扭脸回自己屋里去了。张志和张志媳妇被晾在了客厅。

“你们也真是，不知道这是他过生日啊？难怪他不高兴了。他说就送他这么只不值钱的鸟，你们是成心给他添堵呢。”老太太见气氛不对，赶紧过来数落儿子和儿媳。

“破鸟？我的亲爹，你老再上眼瞧瞧，一万块呀！”张志在客厅冲着老爷子的屋喊着。

张老爷子疾步返回客厅，指着眼前的鸟笼，弩着眼睛，浑身哆嗦着，一句话也没说出来。他急火攻心，咣当一声，栽倒在地。

邻居、鸟友纷纷过来帮着张家把老人送往医院。

“假的，这只‘红点颏’是假的，孩子。我玩了几十年的鸟了，这还能看错？”这可能是张志听到的最无情的一句话了。

三天后，司徒鹤又接到了张志的电话。张志还要一只同样的“红点颏”，要和新买的那只配对，因为车号限行，只能让他辛苦一趟，送到“瞭望桥”下的辅路，他们在那里见面。司徒鹤有点儿打鼓，可当他知道这对鸟算是寿礼要送人的时候又有点儿喜出望外。

司徒鹤带着老婆一同前往瞭望桥。车的后座上放着给他带来好运气的另一只“红点颏”。

司徒鹤远远就看见张志抽着烟和他媳妇在辅路边上站着。他绕过一辆停在路边的马自达，把车停在了前面。还没等他熄火下车，司徒鹤就从倒视镜看到张志狠狠地把烟扔在地上，向他的车冲了过来。与此同时，后面的马自达车里又下来两个男人，一同向司徒鹤的车快步奔来。

“不对，要出事。”司徒鹤没等旁边的老婆反应过来，一脚油门就冲出了辅路。

司徒鹤不停地从倒视镜里往后看，张志夫妇上了那辆马自达，紧紧地跟了上来。

司徒鹤的车飞驰着上了三环主路一路狂奔，后面的马自达紧咬着不放。司徒鹤不停地左右并线，好让后面的张志无法顺利地接近他。眼看到了金鼎桥，车流量加大，车速也不得不减慢，好在张志的车也被其他车辆堵着缓缓地向前行进。

“咱得出去，不能在环路上了。”司徒鹤有点儿慌，自言自语着。他不管不顾地开始向右手边并线，他要在前方的出口出去，毕竟辅路上路口多，他甩开张志的机会就会多些。他的右转向灯一直就没有停，车厢里“嗒嗒”响着转向灯的提示音，此时真让人觉得心烦。司徒鹤张望着右侧的车辆，似乎能提前一辆车并线都是一场小战役的胜利。他根本顾不得后面一片的鸣笛声，他只想快点儿出了三环主路。

司徒鹤在金鼎桥出口上了辅路，本想越过人行横道向东驶去，只听坐在旁边的媳妇喊道，“小心，他们跟上来了。”原来张志他们的车直接开上了匝道，直奔他们的车驶来。

两辆车终于在桥下贴近了，司徒鹤跟张志就像比拼车技一般，前后左右的互相别起来。张志更是乱中求稳，并不会让自己的车挨上司徒鹤的吉普，只是用敏捷的速度进攻着，躲闪着。就这样在金鼎桥辅路上，上演着一场惊心动魄的飙车表演。

张志的车眼看就要和司徒鹤的车接触上了，司徒鹤左打轮，然后猛地向右侧的张志的车别了过去。张志并没有减速，只听得“嘭”的一声，马自达将吉普车凿实地撞上了。司徒鹤本能地刹车。行驶中的车辆由于惯性作用改变了方向。就这样，两辆车相并着，一同撞向了右侧的人行道。

一对小夫妻模样的年轻人，本还是有说有笑的，哪曾想过，他们会祸从天降，而且这灾祸降临的速度让他们猝不及防。

顿时，周围的尖叫声、哭喊声乱作一团。行走着的妈妈赶紧挡住孩子的眼睛，不敢让孩子目睹眼前的惨状；后面的骑车人不停地大喊“撞人啦”；更有人上前用身体将肇事的车辆围住。人们都朝着一个方向望去，也有人扭过脸，不忍再看。一秒钟前还是活泼欢快的两个年轻人倒在车下，没了动静，身下的柏油路被他们的血渐渐殷红了一大片……

陶玉手里拿着两张医院的诊断书，眼前浮现出两个无辜的年轻人的样子，耳边却响着两个男人矫情的话语，心里的怒火腾腾地往上撞。她强忍着，压抑着自己情绪。她知道她要做的是解决眼前的事情，而不是宣泄自己的那种隐痛。

“蓄意制造交通事故肇事，你们知道什么结果吗?”陶玉缓和了一下语气问道，冷冷地看着眼前的两个男人。

屋里没人说话了。张志和司徒鹤也都说够了，他们到了该考虑后果的时候了。

“目前事故认定书还没出来，凭我的经验，你们谁也逃脱不了责任，而且是全责。后面要看伤者的治疗情况和是否对你们提起诉讼，如果是那样，你们的结果就不好说了。”

“那您看目前该怎么办?”司徒鹤意识到了问题的严重性。他的眼神已经告诉了陶玉，他需要她帮他出主意。

“分两步走吧。首先，你们先共同给伤者治病，支付一切治疗费用。你们已经给对方造成了如此大的人身伤害，就要有诚意去担当责任。之后，再来处理你们俩人之间的事故责任。这是我给你们的建议。至于怎样定责，还要看对方的意见。你们现在最好的办法是积极给对方治疗，至于后面的事，就要看你们的运气了。”

“您估计我们要先支付多少钱?”张志媳妇赶紧追问。

“先看医院的前期费用吧，他们会出具费用单据的，建议你们双方先共同承担下来，还会有后期的治疗费以及一切跟此次事故相关的费用。回头我会给你们拉个各项赔付的名目。你们酌情吧。”

“那得多少啊?”张志媳妇还在嘟囔着。

“多少你也得赔呀！对方可是两个活蹦乱跳的年轻人啊，现在是重伤，躺在医院。难道他们的命还不如一万块的鸟值钱吗?”陶玉还是爆发了。她是从心里恨这些给别人的生命带来不幸的人。

“那您可不可以去帮我们跟对方联系一下，看看后面怎么个解决法，您看行吗?”司徒鹤这会儿也只能依靠陶玉了，他已经懊悔得不得了了，他可不想再沾上刑事责任。

“只要队里有这个安排，我会的。你们的那点儿心思我全明白，毕竟事故已经出了，就想办法一步一步解决吧。我也给出了我的建议，希望你们能积极配合。至于对方，我敢肯定，会以你们目前的态度和行为作为他们是否追究你们责任的依据，你们懂我的意思吧?换句话说，你们现在要争取个好表现。从道义上讲，该出钱出钱，该出力出力，深切地表示你们的内疚。”

“钱我们一定出，一定配合医院给伤者积极治疗，请您让对方放心。”司徒鹤跟张志，头一次达成了一致意见。

“行，你们的态度我知道了，看后面的事态发展吧。”陶玉心里已经开始计算伤者的前期基本费用了，她想先心里有个数，尽力帮助伤者协调与肇事者的赔付问题，尽量减轻伤者在经济上的压力。否则，她心里的那道砍都过不去。“凭什么因为自己的恶劣行为，给无辜的人带来这么大的伤害啊！凭什么！”陶玉为医院里的那两位年轻人惋惜着。

第九章

真希望他们都是有钱人

几天下来，陶玉的手机和调解室的电话几乎让司徒鹤和张志包了，无一不是来询问案情的进展的。“哪有那么快，事故认定也许就要一个月，你们提心吊胆的日子还得且过一阵子呢。”陶玉心里这么想着，可不敢直说。

何佳佳跟乔桥都很关心这个案子，他们主动跟陶玉申请，看看能帮着做些什么。陶玉很是欣慰。

“陶玉姐，你说是不是可以建议他们走诉讼啊。这个可算是大案了吧，赔偿低不了，咱能给调解得下来吗?”何佳佳一切的出发点似乎都是起诉、上法院。她几乎把自己的工作，当成是法院的对外窗口了。

“我们为什么不能?还没做怎么就不能了?小丫头，咱们一定得试试。法院的确是给公民主持正义的地方，但诉讼的整个过程你又不是不知道要多长时间，医院里的病人怎么办?我们一定得试试。”陶玉很是坚定。

陶玉下班后约了郭玉恒。郭玉恒翻看着近几天的卷宗，在办公室等她。

“找我是想谈司徒鹤他们那个案子吧?”没等陶玉开口，郭玉恒就猜出个八九不离十了。

“你怎么知道啊?真神了。”

“不看看我是干吗的呀。说吧，你有什么想法了。”郭玉恒给陶玉倒水，和她面对面地坐着聊了起来。

“我想请你帮忙，了解有关这起交通事故所有相关人的情况。你看行吗?”陶玉开门见山。

“基本情况我这都有了，你还要什么?”

“当然是越详细越好，你也知道，我们是不允许上你们内网的，有的情况对这个案件的调解很重要，我只有靠你才能得到这些，这应该不违规吧?”陶玉很认真地说着。

“也就是说我要陪着你喽。你加班我也得加班，是吧?”

“正是。你们的电脑我可不能私自动，你不陪着，谁陪着啊。哦，你的加班费按饭钱折算怎么样?”陶玉和郭玉恒开着玩笑。

“好，那你是怎么打算的?”

陶玉把自己的想法告诉了郭玉恒，他听得非常仔细。只是他不明白，陶玉要了解太多当事人的隐性信息，这又是为什么呢?

“我要了解司徒鹤跟张志的收入和资产情况。这些只有你们才能调得出来。我们只有知道了这些，才能做到心里有数，才能作出判断。怎么去调解，他们这几方才能接受。”

陶玉喝了一口水，继续说道：“另外，我要一项项地为那两个受害人罗列出他们可以获得的索赔明细和赔偿金额上线，所以，我还需要他们的一些相关情况。你能帮我吧?”

“我再不能还谁能啊！行，那咱就加班干吧。按你说的，加班费改消夜餐补了。”陶玉跟郭玉恒相视一笑，她庆幸在最关键的时候郭玉恒能出手帮他。

“我想问你，如果受害人同意对方的赔偿方案和金额，可以免除追究责任人的刑事责任吗?”

“这就要靠咱们做工作了。其实该追究刑责的，也得追究啊。你说是吧?”

“理是这么个理，没错。但我想，对于受害方来说，现在关键的问题是要有足够的钱治疗。如果我们把问题集中在追究对方的刑事责任上，其实受害方的损失会更大。司徒鹤和张志一方会认为，既然已经提起诉讼了，那就等于破罐子破摔了，那他们还有什么积极的态度去配合这两个孩子的治疗呢？诉讼是一个漫长的过程，单是取证、走程序就要排好久，这些对伤者来说太不利了。”其实，陶玉一直在盘算着怎么调解才是最切实际的。

“你说的有道理，但不知道他们双方是不是跟你的想法一致。”郭玉恒有些担心。

“所以，我要了解受害方的资金收入情况。”

“基本情况我这有了，其他的等我查查。你先在旁边喝水，那边桌子上有报纸，或者看会儿书去吧。”郭玉恒怕陶玉觉得无聊，安排起她来，随后自己便开始工作。

陶玉跟郭玉恒都不再说话，各自干着各自的事。陶玉在一旁拿起一份当天的《青年报》翻看着，可是她什么也看不下去。她想尽快看到郭玉恒查出来的结果，再完善她的调解方案。

郭玉恒专注地盯着电脑屏幕，不吭声也没有任何面目表情，直到他招呼陶玉过来。

“这些应该对你有用，你过来看看。”

“两个受害人都是外企的，男方是湖北的，女方是江西的，刚刚在北京成了家，两年前首付了一个六十平方米的商品房，产权是女方张爱霞的，月供四千七百元。”

“两年前就买了房子，起码说明在‘北京长期居住’的条件够了，这样可以按北京常住人口的赔偿金额走了。哦，把计算器给我。”陶玉凭着娴熟地专业法规知识，第一时间就判断出郭玉恒告诉她的这个信息对张爱霞小夫妇是很有力的。她一边听着郭玉恒给他念这些信息，一边仔细地算着。

“至于司徒鹤和张志我目前没有找到他们所在单位出具的工资记录，司徒鹤是车主，张志不是，张茵是车主，估计是他老婆。”

“有可能，不管他能找得着他就行。剩下的就是他们两口子之间的事了。张志名下有房产登记吗？”陶玉追问。

“没有。”

“虽说他们都是自由职业者，但我感觉他们的收入情况应该还不错。你想想，一个是卖鸟的，一个能花一万块买鸟，应该不会太次。”陶玉像是对郭玉恒说着，又像是自言自语。郭玉恒知道，陶玉和他说话时的这种走神，是因为太专注。

陶玉真希望司徒鹤和张志是有钱人，如果是那样，起码他们在赔偿问题上有的可谈。要真碰上两个穷光蛋，你就是再起诉、再刑拘又能怎样？那两个受害人的实际问题还是解决不了。陶玉一直担心这个。

“你再帮我看看，司徒鹤跟张志那两辆车，都上了全险没有？”

“是的，都是全险。”郭玉恒回答。

“那就好，过后他们可以走保险。起码他们俩的压力能小点儿。”陶玉微微点着头说。

郭玉恒望着眼前的陶玉，被她东一句西一句地指使着。他知道陶玉是想让他们这几方面都满意。

“你可真是操心的命，还管司徒鹤跟张志呢。他们是全责方，就应该承担责任。”

“嗯，这个我知道，但我还是想让他们心里舒服些，好积极配合对方的治疗。”陶玉说这话的时候，眼睛里闪烁着和善柔美的目光，映得对面的郭玉恒的眼睛都显得更加明亮，仿佛能直接看到陶玉的心底。

“你长期处理案子应该比我懂得多，调解之所以这么难，就是在真正落实的时候难啊！特别是像这种大案和复杂的案子，所有的人伤人亡案件都是赔偿的过程太长。伤者家境好的还能扛一阵子，万一真碰上个经济条件有限的，很有可能就会耽误治疗，那对于伤者和家属就如同雪上加霜啊！这个案子我就想先尽力让责任方赔付了，之后，再让他们慢慢去办理他们的保险理赔，你觉得行吗？”陶玉征求着郭玉恒的意见。

郭玉恒真是打心眼里敬佩陶玉的胆识和善良。对于他们这些办案成山的职业警察来说，案子处理完了就是最终的胜利，他们的确没有太多的时间去关注那些更细微的环节，陶玉却把这些全部看在了眼里。她的这份细心和判断，真正弥补了他们某些工作上的不完美。

“有你这份心，我觉得没什么不成的。你需要我配合什么，随时告诉我。”

“知道了，其实我也只能去试试。最终是否能达成他们几方的认可，还需要反复跟他们沟通。再有，我们也要做好责任方不配合的准备。如果最后只能走诉讼这条路，那么现在对两个孩子的治疗是有很多需要提醒他们注意的。比如关于治疗中的用药问题，按国家的赔偿标准，只能赔偿社保允许范围内的药费。还有就是大夫所开具的一切有关住院单和护理人数、护理天数，都要请医生在诊断书上明确医嘱才能生效，否则最后拿到法庭上是立不住脚的。”

“看来，你的业务能力不是一般的强啊，这些你都想到了。”

“应该的。”陶玉已经习惯了每接一个案子，就把所有的相关赔偿条款再仔细地对照和比较，找到最有利的切入点。在这一点上，她最难得的，是要求自己竭尽所能争取做到公平。不管是责任方还是受害方，她都会真心实意地替他们考虑。她心里总有一杆秤，她要尽量让这杆秤都找到平衡点。她所做的一切不为别的，只为能给他们双方提供尽量完美的调解方案。

“明天我们还要去医院作笔录，我会把你的提醒告诉他们的。你放心吧。”郭玉恒对陶玉说。

“再有，调解室这我目前走不开，你先摸摸受害方家属的底，看看他们什么想法。如果可能的话，让他们来这找我一下。我再和他们好好谈谈，仔细帮他们分析一下。这边谈妥了，我才能再找司徒鹤和张志。行吗?”

“那有什么不行的，包在我身上了，我会让他们的家属尽快联系你的。好吧，我送你回去。”郭玉恒看了看手表，不知不觉已经快十一点了，他不放心让陶玉自己走。

“送什么呀，还没请你消夜呢。”

“走吧，你还真以为我为那餐补才陪你的呀。哈哈。”郭玉恒虽然已经很是疲惫了，但他还是愿意陪着陶玉做她想做的事。

陶玉从未留意过夜色阑珊的北京居然这么迷人，以前的她怎么会像现在这样和一个男人有机会漫步在街头呢。以前的她在这个时候多是和大勇在牌桌上，偶尔也会和朋友小聚。在很长的一段日子里，她除了想着大勇，其余的好像都不用她操心，就连自己都不用想，因为大勇会安排好她的一切。陶玉曾经过着那么多小姐妹羡慕的好日子，她知足感恩，也形成一种习惯与依赖。她的小宇宙里，只有大勇和她两个互为公转的小星球。然而今天的陶玉，整晚跟郭玉恒谈论的只有别人。她静下心来想想，仿佛都不认识现在的自己了。她从不知道自己还能有这样的一种能量，让别人欣赏她、信任她、需要她。

第十章

美女额头上的伤疤

老朴打给陶玉的电话渐渐地多了起来。他想每天都能听见陶玉的声音，哪怕是短短的几句话他都会觉得满足。虽然陶玉现在的工作老朴一点儿都不懂，也不感兴趣，但是他认为陶玉的改变有他的一份努力。他从未想过让陶玉回报，但他觉得他们真的能走近了，而且已经走近了。陶玉以前对他的那种有意无意的抗拒已经越来越少，他开始觉得自己真的有了希望。他要抓住眼前的好时机，小心翼翼地靠近陶玉。

“我这上班呢，有什么事快说。”陶玉催促着电话那头的老朴。

“没事，就是打电话问候一下，提醒您喝口水，上个厕所，该歇会儿就歇会儿。”

陶玉静静地听着，仿佛看到了老朴和她通话时那嬉皮笑脸的样子。

“不贫能死啊！”她贴近听筒，压低了声音。

“不贫了，不贫了。问你个事。你穿多大号码的鞋啊？我买了一款很不错的户外鞋，是正好碰见了，也想给你买一双。”老朴一边和陶玉通着电话，一边不停地摆弄着货架上他看好的那双户外女鞋。

“我不要，我穿休闲服的时候少你又不是不知道。”陶玉虽然觉得老朴给她来电话不是时候，但还是起身走出了调解室，耐心地给老朴解释着。

“那咱们出去玩，你总不能穿着高跟鞋吧？你就别耽误时间了，快说。”

“我答应你去啦？”

“这不是早晚的事嘛。五一不去，还有十一呢，我先买了咱留着。”老朴本想跟陶玉多贫几句，就听见对方电话里传来催促陶玉的声音。他顺势提醒着：“快告诉我，赶快忙去。啊？您一米六的个，穿三十八号鞋呀？”

“谁说我一米六，我一米六五呢。讨厌。”陶玉埋怨着他，挂了电话。

老朴毫不费力地还知道了陶玉的确切身高，因为他还给她看好了一身户外休闲服。他自己也买了一身，两件正好配对，是情侣款。他虽然怕陶玉看见了会生气，但还是想用这种方式试探一把。

“陶玉姐，她来询问关于车祸致残的评定申请，您那有具体的定级细则吗?”乔桥替坐在他对面女孩儿问道。

前来咨询的女孩儿随着乔桥的话音，把目光落在刚刚进门的陶玉身上。陶玉和女孩儿对视了一下，莫名地感到一股压力。按说她每天见多了前来咨询的人，也早已习惯了这种给乔桥和何佳佳救火队员式的帮助，她每天都要做无数次对法规的“答疑解惑”，怎么还会有这样的感觉呢?她不得不再次对女孩儿仔细地打量起来。

女孩儿很安静地坐在椅子上，修长的双腿不难看出她有着一般女孩子向往的高挑身材，偏瘦的体型更显得她有一种骨感的美。陶玉猜想，她应该是搞舞蹈的，即便不是，起码也跟艺术沾边，否则怎么会有这么强烈的气场，连她这位同性都能在短时间内被深深地吸引着。特别是女孩儿有个性的打扮更坚信了陶玉的猜测。

女孩儿身着水墨图案、柔纱一般质感的长袖上衣，“一”字型领口尽显出了她脖子的光滑，露出的锁骨凸凹分明，十分性感。女孩儿的脸盘很小，像是用一个巴掌就足以被遮挡。五官在这张不大的脸上也像是被精心嵌上去的。特别是齐眉之上的额头部分，被一条与衣服质感相仿的头巾包裹着，围巾多余出来的部分在脑后打成一个不太起眼的蝴蝶结，像是蝴蝶的两只透明的翅膀附在黑亮的长发上。好一个惊为天人的美女，不由得让屋里的人多看上几眼。陶玉站在她的身边，闻着女孩儿身上散发出来的隐约清香，欣赏着。何佳佳更是从对面投来羡慕的目光打量着女孩儿的侧脸。乔桥也显得不是很自在，好像在担心他的大嗓门会惊扰到女孩儿的那份安静。

陶玉意识到自己走神了，赶紧问道："是来替别人咨询的，还是……"她猜想着女孩儿的答案，希望对方咨询的事情与她本人无关。

"是我。"女孩儿微弱的声音就像成心要去打破陶玉心中的那份期望，还是这么飘进了陶玉的耳朵。陶玉不禁一愣。

"你？是受伤了？哪里？"

"是的，两个月前出了交通意外，头部撞在了挡风玻璃上。脸被玻璃划破了，额头上留下了疤痕。"女孩儿应该是不想再去回忆让她惊恐的那一瞬间吧，说话的声音越来越小，好像那条疤痕让她难以启齿。

"现在案子应该还没结吧？"陶玉问道。

"没呢。全身都做了检查，幸好别的地方没事，只是腿上和胳膊上有一些软组织挫伤，但头上的划伤比较重，等再恢复恢复，要去做整容。"女孩儿的脸有些微红。她大概是觉得，要不是这次事故，她的容貌可能永远不会和"整容"一词有什么瓜葛吧。

"伤口大约有多长？"陶玉继续问着。

"应该有六厘米那么长吧。"女孩回答着，眼睛里有些湿润，她那委屈的表情的确让人心酸。

"你介意让我看看吗？"陶玉征求着女孩儿的意见，"如果你很介意也没有关系，你确定是这样的伤口就行了。因为面部的划伤致残评定是有伤口长度、大小要求的，请你理解。"

女孩儿有点儿犹豫，但她看看屋里没有别的人，又想让陶玉给她一个肯定的答复，还是答应了。她刻意地把脸转向了陶玉，避开了乔桥的视线。

女孩低垂着头，双臂伸向脑后解开围巾，马上就整理了一下头发，生怕有一丝不规整。她的手下意识地挡住了伤口的部分。她实在不好意思让自己的这条疤痕一下子暴露在外人的面前。

陶玉更近距离地看到了女孩儿的脸。女孩儿额头不是很宽，头发由发际向后梳理得很利索，没有一根散落的发丝，就连额头上的皮肤也是同样的光洁而富有弹性。只是那被缝合的伤口，像一条被揪起后背的蜈蚣，堂而皇之地落在了女孩儿左眉骨上方两厘米的位置。皮肤被手术后的缝合线揪着，高低不平，颜色也深浅不一。这条疤痕在这张动人的脸上显得太过刺眼。

"你这个完全可以去定残。我给你一张'伤残评定登记表'，你填好后可以拿着这个去指定的评定中心做伤残级别鉴定。"陶玉告诉女孩儿去做伤残评定的程序。

女孩儿的伤口被陶玉看完，她赶紧拿起围巾按原样把头包了起来，又从随身的棕色手包里拿出来小镜子，对着镜子把围巾往上抻了抻，正好在眉毛上边一点点，恢复了刚才的样子。

"赔偿问题谈过了吗？"陶玉继续询问着。

"谈过了，没谈妥，对方不是很好说话，我准备起诉。"女孩儿很是无奈地答道。

"谁都不愿意出这种事，我们很理解你，现在就尽可能地多争取一些赔偿吧。你刚才说还要做整容手术，毕竟费用会很多。能问你是做什么工作的吗？"

"我是演员，兼职做化妆品平面模特。现在这样，唉，我估计没有什么发展了。"女孩儿的脸上流露出无限的忧伤，就连声音都充满了绝望。

"哦，这样。给你几点建议啊。第一，你的伤残评定不用太过着急。大约在你的所有手术之后的第六个月去做评定就可以了，那样的话，赔偿的金额也许会有利些。再有就是关于你的职业这部分，是可以申请额外赔偿的。当然，以上这些都要有相关的凭证或证明。你明白了吗?”陶玉耐心地给女孩儿讲解着有关赔偿的事宜。

“车祸已经给你的身体带来很大的痛苦了，我们也希望你能在后面的赔偿问题上得到你应该争取的权益。”

“我会尽力争取的，谢谢您。”女孩儿冲陶玉笑笑，小声地道谢。随即她站起来，依然是那么安静地走出了调解室。何佳佳目送着她出去，看得入神，居然忘了询问那女孩子打官司的事了。

“哎哟，看得我这个心疼啊!”乔桥好像终于能喘口大气了一样，使劲儿往后靠在椅背上，不由地感慨起来。

“这么好看的脸，怎么就破相了呢!”乔桥的那股子遗憾，让他觉得还不如不让他见到这美女的好。

“真是好看啊，我都没看够，就别说你了。”陶玉逗着在旁边郁闷着的乔桥。

“没挑啊，是不陶姐?你说怎么就赶上车祸了呢。”

“灾祸来了，还会告诉谁呀!这可真是命。这伤口要是在身上可能还好点儿，偏偏她还是靠这张脸吃饭的，唉。”

“她要是我女朋友，我宁愿替她挨这一下。”乔桥已经开始想入非非了。

“哎，哎，哎，我说，没这样咒自己的。瞧你这点儿出息吧。”陶玉取笑起乔桥来。

“也没你们说的那么好看吧。你看她的脖子，是不是有点儿长?”半天没吭声的何佳佳也搭起话茬儿来。

“你懂什么呀!你没听说过‘美人颈长’这句老话吗?”

“长颈鹿那不更长，能这么说吗?”何佳佳被乔桥挤兑了，马上还嘴。

“陶玉姐，你说小何是不是嫉妒啊?”

“我才没有呢，我有必要嫉妒吗? 再说，咱不那么好看，咱还没那块疤瘌呢。这不更烦心啊。”

陶玉在一旁不吭声了，低着头整理手头的卷宗，听着两个年轻人斗嘴。是啊，好看难看又能怎样? 苦乐自知吧。

第十一章

老牛今天有点儿累

老朴今天是要准点回家的。今天是周末，女儿璐璐从学校回家，一家三口要在一起吃晚饭。这个习惯他们几乎从孩子上小学住校时就开始了，一直保持到现在。哪怕他和孩子妈曲敏在六年前离了婚，他们家依然保持着这个习惯。前妻离家之后，平日里这个家都各忙各的，一到周末，一家三口，兵分三路都会往这个家赶。就这样，一个幸福欢乐的三口之家就又会出现了。关于离婚这件事，老朴还想对孩子一直隐瞒下去，最起码要隐瞒到女儿考上大学之后。也许会隐瞒到他再婚，或者他的前妻再婚。只有那样，他对孩子的那颗心才能算是放下来。

自从璐璐上了高三，要备战高考，老朴的日子显得更加规律起来了。除了周末准时准点地回家吃饭，就连工作上的应酬，他也尽量不在休息日安排了。他宁愿窝在家里看电视看书，或者在电脑上打麻将下棋，也会陪着女儿在家上她的家教课程。为了这个宝贝女儿，他没有什么不能做的。

女儿是他在三十三岁的时候才意外得来的。那会儿，老朴以为他就要承受命里无子的沉重打击了。但就那么偶然的一瞬间，好像老天对他开恩了，让他的种子着着实实地落了地，结婚几年来，老朴潜意识里的那种压抑和不自信也一扫而光。女儿降临了，这对他来说，是作为一个优秀男人最好的证明。

曲敏这个媳妇，是老朴插队回来后，经邻居向他母亲提亲得来的。老朴虽然外表长得不错，但那些年，因为家里特殊的原因，很少有女孩子愿意和他亲近。从那时起，他对女人不敢轻易地去动感情。哪怕是后来有了点儿感觉，但在老朴心里都多少有些阴影。

曲敏是个寡言少语的普通女人。即便是她和老朴谈恋爱时，她似乎也没有什么激情。在她的眼里，只有操持家务、孝敬公婆，再有就是想赶快为这个家添丁进口，她也算尽了一个儿媳的本分。老朴很想好好爱自己的女人，可她却偏偏是个激发不了他热情的一个人。再后来，老朴的父母相继去世，他和曲敏的日子，除了以女儿为重心外，就这么不咸不淡地过了十几年。

直到六年前的那一次，他与公司女会计的肉搏之战被曲敏撞个正着，算是彻底结束了他们这段婚姻的合法性。老朴说不清是个啥滋味，他觉得愧对曲敏，主动提出把新盘下来的一间药房送给她，让她今后有了更安稳的生活保障。同时他又感到了一种轻松，偶尔还有了一种偷偷的喜悦。因为，他觉得自己委屈压抑，而且是积压了很久，现在终于被释放了。他在这个家，不知从何时起就只有挣钱这一个功能了。他从曲敏那里很少得到过理解和心灵上的关怀，也很少有倾诉内心苦闷的机会，他也没有那种欲望。他羡慕大勇，羡慕大勇身边有陶玉这样精灵般的女人让他永远保持着旺盛的精力和活力。他知道，男人愿意得到，也愿意付出；愿意作为智者，去聆听别人的倾诉；也期望自己有懂他的人可以依恋依靠。他想找到那个能让他的生活赋有灵气、充满激情、保持活力的女人。他更知道，就是等曲敏到老，也不会从她那里得到。

老朴如他所愿，买下了情侣套装和户外鞋。这钱他花着高兴，去收款台刷卡的时候都显得那么轻盈。谁说男人大多抠门，那真得看是对谁。老朴给陶玉花钱那还真是巴不得呢。有时候他自己待着的时候，想想他在陶玉面前的这些表现都觉得犯贱。其实，他可真是个高傲的人。不管跟客户还是朋友，他也是说一不二的主。唯独在陶玉这不行，特别是他成了自由身、陶玉也跟大勇分手以后，他就更不想控制什么了。以前还有“朋友妻不可欺”那句话的约束，怕人背地里指指点点的不好，实在不敢太表现出什么来。后来他觉得，这是老天给他的机会。当然，从此他也不怎么跟大勇来往了。倒不是他不仗义、重色轻友，他也有不再联系大勇的充分理由：大勇在外边有了别的女人，关键是大勇没玩好，和外边的女人有了孩子。这点让他们这圈的朋友都觉得实在是有些过分。大勇也还算识相，自己慢慢也就不跟他们往来了。

老朴把买来的衣服和鞋从车厢内转放到了后备箱，拿着给女儿买的巧克力和咖啡上了楼。这些是璐璐周一要带到学校去的。

一进家门，就闻到了一股炒菜炝锅的味道。他知道曲敏接璐璐已经到家了。

“老爸。”看到女儿的笑脸，老朴这一周游荡的疲惫感一下子跑得无影无踪。

厨房里传出叮叮当当的响声，曲敏在忙乎着晚饭。这个家，只有周末这几天才能发出这样的响动。周日下午，送走孩子，曲敏也就不再回这里了。这幢房子，就会安静一周。

老朴的这所房子是他十年前就买下来的五室两卫的复式。那时的他事业已经有了起色，璐璐也还小，他不能让孩子总跟着他还住在原来的老房子里。搬进这样的大房子，女儿乐坏了，自己有了独立的房间。上高中后，他又按璐璐的要求，把挨着她卧室的那间变成了书房，她的小天地在楼下已经足够了。至于楼上，她很少去。

整栋房子的装修是曲敏操持的，虽然谈不上多有品位，但也算得体、舒适，关键是实用。特别是厨房，一看就是下了些工夫。再有就是那个很大的晾台，老朴一直觉得可惜了，他本想把那里装修成一个喝茶、看书、聊天的休闲空间。曲敏执意不干，说这么好的采光，一定要能晾被子和衣服。于是她就在这里，支起了高低不等的两排晾衣服的不锈钢架子，还硬把老朴养得很棒的两大盆绿萝移到了楼上。好在曲敏同意了把他那盆心爱的“玫瑰海棠”花留在这里。这种玫瑰海棠对生长的环境、温度、光照很是讲究，特别是在冬天和初春。老朴很是得意这盆“玫瑰海棠”。谁说“花无百日红”？这盆花就是最好不过的回击。“玫瑰海棠”的花期偏偏是在冬天开始，一直延续到来年的春季。在夏季到来之前，在繁花似锦、争奇斗艳之时，它却悄然离开赏花人的视线，储备起足够的养分，休养生息。待到百花凋零、秋至山寒水冷的时候，它又会绽放出新一轮的艳丽。老朴很少见这么长花期的花，就像很少有女人像陶玉那样，能给他带来那么多的快乐。

老朴上楼，到自己的房间里换衣服。他的房间一到周末就会被曲敏打扫一遍，开窗换空气。屋子被整理过了，他本来堆在椅子上的脏衣服没有了，就连他回家后经常穿的那身睡衣也找不到。他只好再从衣柜里翻出另外一套换上。随后他躺在床上拿起床头柜上的书无聊地翻看着。

上下两层的房子，没有人说话，只能偶尔听到厨房里的动静。老朴很不喜欢这种情形，他有时候甚至后悔买了这么大的房子，不知道是不是空间太大，房间太多的原因，让这个家不像家了。

晚饭也是沉声静气的，即便这是一家人能同时出现的唯一机会。曲敏不停地给璐璐往碗里夹菜，勺子和盘子接触碰撞的声音都显得很大。老朴很怕看到这种场景，害怕听到这种声音，他想打开电视，却马上被曲敏制止了。

“你就不能待会儿去楼上看吗？让她赶紧吃完，还得去复习呢。”曲敏的话很少，可每次都像现在这样，让老朴没有拒绝的理由。他放下手中的遥控器，拿起筷子夹了一口炒芹菜，“嘎吱嘎吱”地嚼着。

“你复习得怎么样了？最后的冲刺了，有把握吧？”老朴侧着头，询问着璐璐。

女儿头也没抬一下，面无表情地只顾闷头吃着。她听见老朴这么问，从嚼着饭的嘴里发出“嗯”的一声，算是回答了他。

“下个月五一长假，爸爸特意安排了外出，为的是让你在家安静地复习。等高考结束了，我带你去韩国。”老朴一边伸手去盛汤，一边巧妙地把他的计划说给孩子听。

“都去过了，没意思。高考结束了，我和同学约好了去乌镇旅游，你别管了。”

“乌镇在哪啊？远不远？安全吗？妈妈和你一起去。”曲敏在一旁赶紧说道。

“都是同学，你干吗去啊。”璐璐不冷不热地说着，放下碗筷，用餐巾纸擦了擦嘴，起身回自己的房间去了。

“你看，孩子越来越不愿意和咱们说话了。”曲敏像是自己小声嘀咕着，又像是对老朴说。

“她一直都这样，有什么大惊小怪的。”

“我是不放心她。这和同学出去玩，吃也吃不好，喝也喝不好，万一……”

“哪有那么多万一啊。她高兴，就让她去呗。这么大了，你还能老看着她啊？”老朴很是不满曲敏一直以来对孩子的教育方法，好像他老朴的女儿就像是残疾弱智的孩子，离开了他们就没法活了一样。能看得出，璐璐也早已烦透了这种盯贼似的监督，她早就想脱离爸妈的那种管束了。

老朴推开碗筷，看也没看餐桌一眼。一顿饭下来，他好像不知道曲敏都烧了哪几样菜，这顿饭对于他来说只是填饱了肚子。老朴起身走到书柜前，拿起一本《乔布斯》上楼去了，好像每个周末才是他能专心读些书的时间。

老朴打开电视，把声音调得很低，并关上了房门。他将身体完全放松地平展在床上。他喜欢他的周围有点儿动静，这样也并不影响他看书，或者想他自己要想的事情。

老朴的耳边不停地穿插着古装电视剧的对白和广告中那些带有煽动性的话语，他手里拿着书，很想集中精力看下去，可就是不由自主地会想起陶玉。他想象着今天给陶玉买的那身衣服和鞋子，她会不会喜欢，穿上会不会好看；想象着陶玉会不会认同他老朴的眼光和品位。如果今天不是周末，老朴肯定会直接去找陶玉，把东西给她。哪怕陶玉有事不能见面，那他也会在晚些时候给陶玉打电话。他平时总是在找着各种理由跟陶玉通话，今天不正是好时机吗？可惜今天偏偏是周末。老朴觉得有点儿扫兴。

不知过了多久，曲敏走进了房间，推醒了已经打鼾的老朴。

“我睡着了吗?”老朴迷迷糊糊地问。

“快去洗澡吧。”曲敏说着，拉开靠墙的衣柜，抱出了她搁在柜子右边、她专用的被子和枕头。差不多一个月左右才拿出来用一次，她的被子让柜里的其他东西压得不那么松软了。曲敏不停地拍打过后，才放在双人床上，又向旁边推了推老朴身下的那条被子，将自己的这一套卧具铺好。

“璐璐睡了?”老朴缓了缓神，麻木地看着曲敏在眼前倒腾着，又看了看墙上的钟表已经快十二点了。他懒洋洋地起身，要去楼下看一下。

“你一会儿去我那屋把枕巾带过来啊，这屋的我已经洗了。”曲敏吩咐着。老朴没应声，只是给了她一个背影，趿拉着拖鞋走出房间。

楼下各处的灯已经被曲敏无一落网地关闭了，黑漆漆的，只有从女儿房间的房门下方隐约透出一丝光亮。老朴几乎是摸着黑，蹭到楼梯处，用力地按下踢脚灯的按钮。顿时空旷的客厅的两个角落和高悬的楼梯侧面有了星星点点的发光源，很弱，很柔和。他的确没想过，这点儿光亮能费多少度电。

老朴很想再去客厅抽烟，但实在是怕打搅了璐璐。他也就没再下楼来，而是去了二楼的卫生间，坐在马桶上过着烟瘾，吐着郁闷。

他知道，他洗过澡之后要发生什么事。

每隔一个月，曲敏就会暗示他一次，要过夫妻生活。他们俩从来没面对面地谈论过这个问题，就这么顺理成章地下来了。老朴知道，自己在外边找过女人曲敏一直能感觉到，要不是那次被撞了个正着，实在是令她自尊扫地，也许她还不会提出离婚。曲敏是个居家过日子的本分女人，即便是离婚后，老朴也会定时给她钱，定时满足她的生理需求。他觉得这是他的责任和义务，这种责任感好像从结婚时就已经注定了的，并不受其他女人的影响。俗话说“一日夫妻百日恩”，报恩的方式是钱或性吗？老朴自己也说不清楚。

老朴洗过澡，再次回到房间，他已经没有了睡意。房间里只开着床头灯，略显得昏暗，倒也有了些许温馨。他把被曲敏关上的电视又打开了，靠在床上用遥控器快速地换台，好像始终找不到一个他可心的电视节目。

曲敏侧身冲着老朴躺着，双臂环着老朴的胳膊并把头紧紧地依偎过去，又从被子底下把脚伸到老朴的被窝里，用大脚趾头划着老朴毛茸茸的小腿。老朴没有一丝一毫的反应，任凭曲敏怎么做他都顺应着。老朴不知道这叫不叫默契，倒也做不出反感的举动或表情。

曲敏一点儿都没察觉老朴的心不在焉，她催促着，关上了灯，又要求老朴关上电视。

“那个预备好了吧？”曲敏小声问着。

“哪个呀？”

“避孕套啊！假装听不懂了？”曲敏嗔怪着。

老朴转过身去，从床头柜最下面的那个抽屉里拿出了避孕套的盒子。

“还有三个。该买了。你买还是我买？”曲敏问得很直接。

“还有数呢，你可真行。再说，你早就上环了，还用它干吗呀！这不浪费钱吗？”老朴觉得，虽然是在床上，说这些话还是有些别扭，让他对后面要实施的行为没有了兴趣。

“不用行吗？这不叫费钱，这是自我保护。”曲敏的话音里有点儿夹枪带棒。

“那干吗不赶紧找个人彻底保护你?”

“我干吗放着自家曾经的牛不犁地啊!”

老朴被曲敏的话噎得没声了。他摸着黑，投入了战场，嘴里喃喃自语道:“老牛今天有点儿累!”

第十二章

与何佳佳的“战争”

调解室里的三名调解员各忙各的，每个人的桌前都有前来调解咨询的人。何佳佳接到高强来的短信：“你到调解室外边给我回个电话。”

“佳佳，上次你递过来的那个死亡的案子，我跟他们谈过了。因为太麻烦了，所以她的代理诉讼费必须高。当事人接受不了，有可能还会回你们那去。你精心盯着点儿，如果她去了，你还让她回事务所来。”高强在电话那端，一个劲儿地叮嘱着何佳佳。

“怎么搞的，她明明说要打官司了，还回这里干吗？”何佳佳很担心这个案子又前功尽弃了，话语里多少有些埋怨。

对于何佳佳来说，她很少为案子的具体情况费心思。她知道，解释的越多越清晰，对方调解的可能性就会越大。她从心眼里不希望出去的案子再回头。

何佳佳远远地看见郭帅从办公楼出来，朝着她的方向走过来。她急忙应付了高强几句就挂了电话。

“忙什么呢，郭帅？”

“陶玉在吗？”郭玉恒向何佳佳询问着。

“在屋里呢，我给你叫她。”

郭玉恒没等何佳佳叫陶玉，三步两步地就跨进了调解室。站在门口，他向屋里瞧了瞧。

“还挺忙啊。”

“领导，您有什么指示？”陶玉看见门口的郭玉恒，同他搭话。

“就找你。我去医院，你有没有时间一起去？”郭玉恒一点儿也不顾及调解室还有其他的人，大声地问起陶玉来。

“是司徒鹤那个案子吧？好，去，你等我一会儿，我马上出来。”

“车里等你。”郭玉恒说着，又一阵风似的走了。

陶玉把前来咨询的当事人安排妥当，让他就按他们之前说的那些资料回去准备。陶玉顺手拿出便笺纸，在上面写下了自己的手机号和调解室的座机电话号码，递给了面前的当事人。

“如果再有不清楚的，可以打电话过来。不是什么大事就别一趟趟跑了，电话里我也可以给你解释。”陶玉总是会不经意地为对方着想。

郭玉恒早已把车开出了交通队的院子，在路边等着陶玉。陶玉一溜儿小跑地上了车。他们向第五医院开去。那里住着在前几天车祸中重伤的那一对小夫妻。

陶玉望着病床上的张爱霞心中不由得生出一股怜悯。本该是娇小红润的面庞现在却像过期蜡纸一样毫无血色。眼睛不知道是哭过的原因还是躺久了，眼泡肿得老高。披肩长发没有任何光泽，被汗水浸得一绺一绺地在身后胡乱地散着。她微弱无力的眼神在陶玉和郭玉恒的脸上扫过。由于手臂上插着管子，限制了她的任何活动能力，她只能用这种方式和他们打着招呼。

张爱霞的爸爸、妈妈和姥姥、姥爷心疼地看着她，也不知道该做点儿什么，时不时地为她抻抻被子，掖掖被角，再观察一下吊瓶。全家人还没有从这天灾人祸的事实中缓过劲儿来。即便他们见到穿着警服的郭玉恒出现在病房，也显得有些默然。

陶玉不知道该怎么去安慰这女孩儿。她觉得自己不该来，她和郭玉恒的出现，一定让张爱霞又想起了出事的一刹那是多么的恐怖。

陶玉轻声地询问了病情，张爱霞的妈妈从床尾把被子掀得老高，露出了张爱霞打着石膏的双腿。雪白的床单把这双腿衬得那么粗重，像两根没有生机、冷冰冰的石柱直杵杵地平搁在那里。张妈妈的眼泪一直在流，用手不停地擦着，生怕泪滴掉落在石膏上，再让女儿疼痛。她告诉陶玉，自打麻药劲儿过去之后，张爱霞一直靠打镇痛剂挨着，当妈的看在眼里疼在心头。

“唉，楼上还一个呢。”张爱霞的爸爸在一旁叹着气，对郭玉恒说。

听到这话，张爱霞的眼泪顺着眼角滑了下来。委屈和惦念一并爆发了出来，她呜呜地哭出了声。

郭玉恒和陶玉对视了一下，把孩子的爸妈叫到病房外边，他们实在不忍心在病房询问什么，担心再让病床上的张爱霞激动。

“现在你们关键是要抓住最好的治疗时机给两个孩子医治。其余的事我们会尽力帮你们解决，毕竟他们太年轻了，今后的生活还要继续，先看病最重要，你们说是吧？”陶玉安慰着家属。

“我们都是从外地来的，警察同志，你们可得给我们做主啊！两个孩子太可怜了，他们还那么小，刚刚结婚，还没有孩子。今后这叫我们几家子可怎么过啊！”张妈妈离开了病房才敢大声哭了出来。

陶玉的心很是沉重，望着眼前无助的两位老人，她只有安慰。

“我们会尽力帮助你们的。两个孩子命大着呢，会好的。您放心吧！抓紧治疗，一定能过了这个劫，争取别有后遗症。”

随后他们又去了楼上，看望了伤情更加严重的张爱霞的爱人。两家人商定，过两天一家派一个家长去调解室，听陶玉给他们出个解决的方案。

在回去的路上，陶玉一直没有说话，她眼前一直浮现两个受伤的青年那痛苦不堪的神情，还有就是他们几家老人的那种无助和无奈。好端端的几个家难道真的就在瞬间打乱了一切的平静和美好？幸福刚刚开始的小夫妻就这么在车轮下断送了他们本该享有的正常人的生活。这一切都是谁造成的？这一切又该怎么挽回？这一切难道真的就是命吗？

“怎么样，看了心里不舒服吧？”郭玉恒一边开车，一边回头看着坐在旁边发呆的陶玉，“还说要去事故现场呢，你这样，谁敢带你去啊？”

陶玉也觉得自己有点儿失态，不好意思地笑了笑。

“你说，这两个年轻人应该能恢复吧?” 陶玉担心地问着。

“落下残疾是肯定的了。特别是那男的，他情况更重些。弄不好今后得靠轮椅了。尽量医治呗。”

“你说，这几家子以后可怎么过啊!” 陶玉望着车窗外那人来过往的街道上的俊男靓女，想着这两个年轻人再也无法像几天前那样活蹦乱跳地了，她感到心里特别压抑。

“怎么过，也得过呀。赶上了，还能怎么办? 所以我们这些人，天天看这些，我们早就心如止水了。真的，没有什么比平安更好的了。你说，咱们要是和这些不幸的人比，和这些不幸的家庭比，我们是不是太幸福了?”

“真是太幸福了。真的不该有什么想不开的了。好好活着，开心活着就好。” 陶玉跟着郭玉恒的话，感慨着。她不知道，是不是因为有这些不幸的人、不幸的家庭衬托着，才有了自己当下对幸福的认识。

“我们能做的，就是尽量帮助他们做好善后处理工作。说实话，其余的，谁都帮不上什么。就是有再多的钱，也不可能换回来两个健康的人了! 有的时候，‘法律’在‘生命’面前都是马后炮。”

陶玉越想就越发恨起司徒鹤和张志来。要不是他们斗气，两个年轻人也不会遭此非难。即便是现在补偿给两个年轻人再多的钱，他们也不应该面对现在的生活。何况关于赔偿这块，就是打到法院去，也是每一分钱都有出处和依据的。陶玉知道，这些从根本上是无法安抚伤者的。也许所有的人在天灾人祸面前都是这么弱小无力吧。

每天在调解室帮助前来咨询的当事人左右衡量权益，费尽口舌地劝说他们彼此达成和解，但这些都比不上今天这一次医院之行给陶玉带来的触动深刻。她觉得自己的心脏像是被暴露在体外，只要轻轻一触，哪怕是吹上一口气都能感觉到疼。关于这一点，她的确没有过思想准备，今天她才有了感同身受的体会。

陶玉刚推开调解室的门，何佳佳那和风细雨般的声音就飘了过来。

“那您说，谁打官司不花钱啊？律师们也是要付出辛苦的呀，帮您整理这些手续、资料都是要付出时间和精力的，对吧？再说，我给您推荐的这家律师事务所在处理类似的案件上很有经验，他们胜诉的把握更大些。我也是为您好。”何佳佳的微笑很诚恳，明亮的大眼睛也给对方投去了极为关切的目光。

一个外地模样的中年妇女跟何佳佳对坐着，一脸的哀怨。之前这位妇女来过调解室，她的老公在一场车祸中过世。陶玉记得她来这里咨询的时候，也是何佳佳给调解的。

陶玉在医院像是受了刺激一般，觉得浑身疲惫无力。她坐到椅子上，深深地呼着气，像是要把心里的沉闷使劲儿地向外排出。她打心眼里不想让这种跟自己无关的压抑围绕着自己，她觉得，如果这种情况多了，时间长了，她的生活也会被这些负面的情绪影响。她要尽快让自己从这种状况中抽离出来，就像郭玉恒他们那样。

陶玉喝了一口杯子里早上剩的水，很凉，但挺痛快，又从抽屉里找了块巧克力放进嘴里。她有意无意地听着前来咨询的女人跟何佳佳的对话。

“所有需要的东西我都准备齐了，律师也都看了，说可以。就是这律师费太高了，而且，我要的赔偿越多，出得越多啊！这几万块钱，我今后还得养活孩子，过日子呢，以后就我一个人养家了，我上哪才能挣出这些钱啊！”何佳佳对面的女人说着说着哽咽起来。说到孩子，她更是流露出失去亲人的痛苦和对今后生活的那种绝望。

“您说的这些我都能理解，可对方不接受调解，我们也没办法找到他。您只有通过诉讼，才能解决不是吗？”何佳佳说得很是在理。此时，对面的女人只有默默哭泣了。

坐在一旁的陶玉听着她们的对话，很想起身去询问个究竟，但碍于是何佳佳调解的案子，她觉得不太合适。她端着水杯走到何佳佳身后，伸手翻弄着桌子上的那些材料。她实在是想搭话，可还是控制住了自己。她喝了一口水，转身走了，在屋里踱着步子，又到乔桥的办公桌前站了几秒钟。乔桥瞟了她一眼，知道她也没事找他，继续看他的网页。

陶玉从上班后才发现，现在的八零后、九零后的孩子聪明、自我。她自己在同龄人当中就算是够叛逆、够另类的了，可跟现在的年轻人比真是小巫见大巫。从乔桥和何佳佳身上就不难看出，他们要比她轻松、潇洒得多。两个年轻人每天上班是乐呵呵，下班是呵呵乐，不管这一天发生了什么，遇到了什么，他们都能将自己自如地置身事外。就凭这一点，陶玉就觉得自己虽然比他们年龄大不少，但不如他们有悟性。陶玉有时候会觉得她是在自己找累受，自己找不痛快，自己找堵心。但她控制不了，心不随她。而当今的人谁不是更在意自己的感受？这也不乏是对自己的最大尊重。何佳佳和乔桥一定不会像陶玉那样，满脑子都是工作，都是当事人，都是事故解决方案，都是法规条款。他们每天将时间、任务、责任、能力划分得一清二楚，该是谁的就是谁的，该谁承受的就得谁承受。他们不需要越雷池半步，不需要多花半点儿心思以求完善。总之，他们的每一分钟都是机械的，都是有条理可循的。就好比何佳佳现在手头的这个案子，只要稍微再耐心一些，就能把事主需要上诉的流程和相关凭证、资料以及赔偿主张摆得清清楚楚。“这孩子是有点儿懒。”陶玉这么想着，回到座位上。

“您再帮我想想，看看还有什么办法，能让我省点儿钱。这几万块钱的律师费，够我孩子读完初中、高中的费用了。这就像是他爸爸用命给他留下来的钱啊。”女人的声调不由自主地高了，带着哭腔。她把眼前的何佳佳当作救世主一般，她不停地恳请何佳佳帮她想办法。

“我不是和您说了吗，如果我们能帮您调解一定就帮了。现在，您只有通过法律才能解决这件事。您想，是这么拖着这件事好呢？还是请个律师，赶紧把这件事解决了好呢？”泪眼汪汪的女人听何佳佳这么一说，不再吱声了。

“您就再去找高律师，和他好好谈谈代理费用，也许能给您便宜些。早解决，早踏实。”何佳佳开始整理摊放在桌子上的卷宗，算是下了逐客令。

女人默然地起身，对于一个刚刚失去了丈夫的女人来说，在这种时刻真的是谁也帮不了她了。她只得带着满脸的惆怅转身向门口走去。

“您等等。”陶玉的声音让屋里所有的人都把目光投向了她。

女人站在原地，扭着身子，不确定陶玉是不是在叫她。何佳佳的目光里却迅速闪过一丝恐慌和埋怨。乔桥抬眼看了看陶玉，他不知道陶玉还能给这个来了半个多小时的女人出什么样的建议。

“佳佳，我再看看她的资料吧。”

“我都给她了。她的情况明摆着的，只有起诉了。对方我上个月就已经联系过了，联系不上。她只能这样了。”何佳佳的脸拉得老长，就连脑门也阴沉得像是能滴水。她鼓捣着桌子上的书和笔，弄出叮当的响声。

陶玉全都看在眼里。何佳佳的小脸子她已经不是第一次看到了，但跟那些前来寻求帮助的人的神情比较，何佳佳的脸算是好看的。陶玉看惯了那些充满忧伤、无助、愤怒、绝望、可怜、冷漠、哀求、期盼等这一系列的表情。她知道，起码何佳佳的冷脸也许会随着一个可爱多冰激凌或一小张必胜客的比萨饼就会云消雾散。而那些人的苦楚也许会是一辈子缠绕他们的阴霾。

陶玉没管那么多，还是请站在门口的女人坐到了她的桌前。

大约又过了半个小时，女人拿着陶玉给她列好的一张赔偿主张明细单和相关金额的计算公式，千恩万谢地走了，在门口还不忘转过身向屋里的三个调解员频频鞠躬致谢。

“小丫头，不高兴了?”陶玉耐下心来，跟何佳佳搭话。

“我有什么不高兴的，又不是我要打官司，跟我没什么关系。”陶玉听得出，何佳佳的气还不小。

“我仔细看了她的资料，够全的。再说，我们都明白，类似这种交通事故的赔偿案，不像那些所谓的刑事案诉讼或者一般的民事纠纷，也不像拆迁赔偿的诉讼。其实到了起诉这一步，已经是显而易见的事了。毕竟没有那么大的输赢弹性空间，该赔的就得赔。之所以我也赞同她走诉讼，毕竟可以通过诉讼的方式找到当事人，能把这件事了结了。”陶玉与其说再给两个同事解释她为什么这么做，其实也是她再一次梳理着自己刚才的做法，再找着支持她的做法的依据。

“那您干吗不建议她找律师，把这件事交给律师，我们也省心了。这案子也就结了。”乔桥在一旁搭话，眼睛也早已离开了电脑屏幕，定睛看着陶玉。

“咱们都知道，走起诉这条路对她来讲其实最关键的是找到对方，让他出庭，这事才有解决的可能。即便对方不履行赔偿义务，法院有权强制执行。这些我们是不可能做到的，哪怕是交通队也做不到。但对赔偿金额来说，几乎没有什么改变。只要是赔偿主张合理、证据齐全并且符合法院的标准就够了。因为事故的性质和定责，已经由交通队出具了。根据法律允许的赔偿主张申请，只要咱们帮她准备足了相关资料，找不找律师不打紧。”陶玉把眼光落在何佳佳的脸上，她希望得到佳佳的认可。她实在不想因为工作，让同事觉得她只是逞能，一味地表现自己，她不想让何佳佳不开心。

何佳佳根本没抬眼看她，似听非听地看着电脑，烦躁地、不停地刷新着网页。何佳佳心里最明白，高强上午给她的那个电话算是白打了，本来她可以挽回的局面，这下被陶玉搅得又泡汤了。何佳佳想好了，她讨厌陶玉，也不再想掩饰了。她要是再见到高强，绝不再说陶玉一个不字。她要让高强自己察觉出来，今后这个调解室“有她没我，有我没她”的信息。

“佳佳，你之前给她算的赔偿金额是多少？”

“不记得了。”何佳佳冲着电脑甩出了四个字。话一出口，她自己也觉得不妥。不记得了？那这不就摆明自己的工作根本没做到家嘛。她紧接着又从牙缝里挤出来一句，“大概六十七万多吧。”

“我算的没有那么高，差点儿。因为‘精神损失费’这块，之前算得有点儿高，超出了赔偿标准。”

“我以为你能多给她算出点儿来呢，怎么还给人家往低了算啊？”何佳佳阴阳怪气地反问着陶玉，这让她们之间的对话也变得火药味更浓了。乔桥也听出来了，他不安地看了看陶玉，又看了看何佳佳。何佳佳灰白的脸上挂着一股怒气。

“这不是谁一张口就能赔多少的事，说你赔偿我多少精神损失就能赔。损失即便再大、精神上再承受不了，法院也只能按照国家标准赔偿。我给她按标准线报的，免得她希望越大失望越大。”陶玉已经知道何佳佳正面针对她了，也用不软不硬的语调回击着，虽然她很不情愿这样。

“如果她能按照您给她的建议去作思想准备，再能省下律师费，也是划算的。”乔桥看气氛不太对劲儿了，赶紧插话，打起圆场来。他哪里知道，对面的何佳佳狠狠地瞪了他一眼。

“咱们能做的就是这些，把她能获得的赔偿帮她想清楚，并且是在合理的范围内，让她尽量能多落下点儿钱。”陶玉对自己处理这个案子的思路越来越清晰，看着何佳佳那较劲的劲儿，也不想再去管她了。她心里想，就当今天这事是他们工作上的一个小插曲，虽然气氛不是很和谐，但细想想也是难免的。

陶玉并没有想到，正是由于这件事引发了后面一系列意想不到的事。

第十三章

肖娜的失落与郭帅的期盼

郭玉恒难得出警后还能回单位吃午饭，他每天都奔波在事故现场和办公室之间，根本没个准点儿。有时候他都觉得自己就像一个野外工作者，而且还是那种饱受精神压力的野外工作者。从警的年头越多，他似乎变得越麻木。队里还在一线的老警员，各个还不都和他一样。当然，如果做了领导就大不一样了。那他们的工作就是每天没完没了的会，不厌其烦地上传下达着上级的精神和下级的贯彻执行情况。想想，也是累。他这个事故组的小小负责人已经让他觉得是多余的负担了，可想而知他的顶头上司们该是什么心理。他之所以在他的工作岗位上尽职尽责地干着，是出于他的本分。毕竟国家公职在当今的社会里是让那么多的人羡慕的一个职位。很多人打破脑袋，拼命考学不就为了这么一份相对稳定的工作吗？就他自己而言，他到底有多热爱这份工作，他真的不知道。他只知道，公安大学的本科学历，帮助他还算轻松地得到了这份工作。他也是从最艰苦、最底层的实习警员做起，如今做到重案组并担任了负责人，其实就是个熬。领导和同事们都觉得他是个勤恳的人，工作认真负责、恪守己任。其实，他心里明白，就是在熬。熬着他在单位的资历，熬着他的年龄，熬着他的耐心，熬着他那份还算不错的收入。同时，也熬走了他曾经对生活的那份向往和热情。他幸运地熬过了青春期那份内心的骚动与不安分，换来了今天这种按部就班的生活规律。他只在内心对自己说过一句话：他并不十分喜爱这份工作，但他必须做，而且必须做好！就这么简单。

肖娜笑嘻嘻地拿着饭盒紧跟着郭玉恒来到饭厅打饭。平时这种时候很少，他们能在吃饭的时候聊聊天，说说与工作不沾边的事，这样也算是一种放松。

饭厅里弥漫着鱼香肉丝和红烧狮子头的混合气味，让人恨不得使劲儿吸上几口气才觉得很过瘾。单位的伙食不错，各种热菜、凉菜、小点心、水果应有尽有。交警们挑选着自己喜欢的菜品，慰劳着自己。饭厅里的他们，是工作之外的他们。大多数人的脸上能看出些笑模样了。

郭玉恒拿着刚打完的饭，走到靠窗的一张桌子坐下。大大咧咧的肖娜一边走一边夹了一根炒蒜苗放进嘴里咂摸着滋味。她的眼神前后左右地游动着，但一直没让郭玉恒离开她的视线。肖娜快步朝郭玉恒坐的那张桌子走去。

“郭帅，就吃这么点儿啊。你减肥吗?”肖娜一边和郭玉恒搭着话，一边看着他的饭盒。两个半份的菜，一个馒头，没有水果。郭玉恒因为有胃病，从来都不吃米饭。

肖娜总是有意无意地想去留意郭玉恒，她不知道从什么时候开始就这样了。郭帅每一双皮鞋右脚跟的底部都会有一点儿外偏；郭帅喝水的时候，从来都是右手拿水杯，左手拧开杯盖；郭帅出警戴帽子时，总会手捏着帽檐左右晃动几下……郭玉恒的每一个举动都会引起她的重视，哪怕在办公室他随便弄出的一点儿声音，都像有强烈的电波吸引着肖娜。肖娜不用回头看他，只是凭声音的轻弱程度就能想象出郭玉恒的动作。

“嗯，吃什么都没胃口。”郭玉恒用筷子扒拉着眼前的食物，确实引不起他的食欲。

“是因为现在不是你吃饭的点儿，你的生物钟还没到那，所以你吃不下。”

听肖娜这么一说，郭玉恒也觉得有几分道理。

“还真像你说的这样，我平时很少这时候吃饭。”郭玉恒看着肖娜，笑了笑。

俩人你一言我一语地说着，吃着。警官小丁端着饭盒凑过来。

“郭帅，我怎么听说上头要调你去支队啊，是真的吗?”小丁的这份好奇显得有点儿夸张了。

“说他什么我都不觉得新鲜，谁让郭帅是咱们这树的典型呢。是吧?”肖娜为自己能和郭玉恒一个办公室共事感到很是荣耀。她很自然地接着小丁的话说。

“去支队？那还回不回来啊？”肖娜才缓过神来，停下手里的筷子，瞪大了眼睛追问着郭玉恒。

“你不是说我是咱这树的典型吗？回不来也不新鲜呀。”郭玉恒故意逗着肖娜。

“郭帅，你要真去支队了，那估计离升迁不远了，到时候得请客。”小丁随即打趣道。

“什么话让你们一说就跟真的似的。我要去哪，连我这个当事人都不知道，你们倒门清。还请客？我该你的呀！”

“就是。咱这队里的好事全是你的了，你看，回回先进吧。”

“那先进也不是我偷来的吧。怎么着，羡慕嫉妒恨了？”

“恨。”小丁冲着郭玉恒嬉皮笑脸地逗着。

郭玉恒早就习惯了同事们拿他的先进啊、积极分子啊、劳模啊这些名头调侃。他从来不急，也不刻意回避什么，更不会不好意思。成绩、荣誉对于他来说根本不算什么，也就不会太往心里去。他从没特意向哪位先进人物学习过什么，或者给自己定个高标准要成为标兵，他就是老实地做着自己分内的工作而已。至于为什么能得到领导的赏识和同事的认可他就不得而知了。

“听说了吗？‘广益’队又一个警官下去了。据说弄不好得脱制服了。跟当事人还手打起来了。这是严重违纪啊！”小丁警官如果是个女的，估计他的各类小道消息还得多。

“那可真没辙了。这主儿还真够生猛的，还敢还手呢！”

“给逼急了呗。”

“也是，有时候碰见浑不讲理的，你拿他是真没办法啊，他动不动就投诉你。老百姓权利大了去了现在。咱这队里也是，不问青红皂白，只要投诉就处理。你说，这时间长了谁心理平衡啊！咱穿这身衣服，倒成了罪过了。”小丁一直叨唠个不停。

“你少唠叨几句不行啊？都这吃饭呢，也不注意点儿。”肖娜向周围扫了一眼，提醒着快嘴的小丁警官。

“我没唠叨，这叫调侃和自嘲。”

“你呀，也别调侃，也别自嘲的。你信不信？只要你上午脱了这身制服，下午就有N多个人等着穿呢，你还别不知足。”郭玉恒嚼着最后一口馒头，在一旁搭着话，等着同桌的两个人。

“信，信，我太信了。不过我就纳闷了，现在这人的气性、火气怎么都这么大。我记得我小时候一听‘警察’俩字都害怕，我一闹我妈就说‘再闹，警察来了给你带走’。我做梦也没敢想过还跟警察动手打架。现在好像都倒过来了，现在的人没什么不敢做的了。”

“都一样啊，我每天处理这些案件，可得注意态度和语气呢。一不留神，当事人就说你态度不好了，不耐心了，说你不明文上岗了。我有时候真羡慕陶玉他们，起码看到不公正或过分的事，憋不住了还能唠叨几句。”肖娜把话茬儿引到自己的工作上了，提到了陶玉。

“嗯，她行。那次我看见她对付一个挺混的人，一点儿也不发憷。她给了对方几句，对方也听着了。陶玉他们倒不用担心投诉的事。”郭玉恒说起陶玉也来了精神。

“也投诉，上个月她也有两张单子呢。只不过他们几个不是咱队里的编制，咱也处理不了人家。这点比咱痛快。”

“不管人家有没有投诉，工作做得那是没挑吧？”郭玉恒分明是不太赞同肖娜的观点。

“丁儿，看见了吧。我干多少，我们头都看不见，怎么都不如别人。这叫‘灯下黑’吗？”肖娜酸溜溜地对一旁的小丁说着。小丁狡黠地瞅了瞅一旁的郭玉恒，又瞄了一眼肖娜，不知道该怎么接茬儿了，“那是郭帅没把你当外人，对你严格要求呢。”

“看看人家小丁多会说话，咱是‘内人’呀。快吃吧‘内人’，吃完刷碗去。”郭玉恒的话把大家全都逗乐了。

很多职业女性都像肖娜这样，同在一个办公室工作久了，对于朝夕相处的异性不知不觉就有了一种依赖感和莫名其妙的占有欲，哪怕这种感觉仅仅是停留在工作上的，也会时不时地表露出来。一旦有了外来的信息打破了这种平静，就会变成一种进攻的信号，她潜意识里就会出现防范和抵触的情绪。肖娜就是这样。对于郭帅，肖娜只是愿意关注他，留意他的一举一动，仅此而已。毕竟一起这么多年了，如果能发生点儿什么也许早就发生了。他们之间却没有。哪怕郭帅离婚的那段日子，他都没和肖娜有过丁点儿私下的交流。肖娜的内心，很想和郭帅的关系能再进一步，哪怕是比一般的同事关系再近一点儿她都满足。只可惜，木讷的郭帅没有给她这点儿机会。肖娜有时候也想：这也许是好事，能让他们彼此保持着某种和谐的工作关系，能让她踏心地拥有自己的家庭生活。肖娜有时候天真地想，郭帅就像一个制作得十分精美的挂钟，高高地远远地悬挂在她对面的墙上，每隔一段时间就会发出她早已熟悉的声响，让她不得不去观望，不得不去留意。自打陶玉出现在他们的工作里，她觉得这个挂钟钟摆的节奏有了变化。挂钟的音色变得柔和了，声音也从他们这个几平方米的办公室传到了院外的那间调解室。她有了一种失落感。

郭玉恒不得不承认，心里开始对陶玉多了一些异样的感觉。是因为警队外来的人打破了他们长此以往的平静，还是陶玉的出现给他们的工作带来了新的气向？要不就是陶玉这个圈外的人有一种不同寻常的气息影响到了他？他自己也说不清，只是觉得他很想接近陶玉，但他又苦于没有太多的事由。他有时候很盼着陶玉来找他；盼着她工作上有不明白的事过来寻求他的帮助；盼着他出警的时候，她正好在调解室的门口好让他们不期而遇；盼着陶玉他们也能享受队里的待遇，去饭厅吃饭；甚至盼着陶玉手里的案子都像司徒鹤那件案子一样，需要他陪着她加班……可这种情况并不多。他爱看陶玉工作时的样子，喜欢那种她自己都不一定知道的淡定。特别是陶玉身上流露出的那种亲和力，就像一块磁性极强的磁铁让人无力抗拒。他觉得那是一种踏实。陶玉交上来的每一份卷宗，清秀的字迹都将她内在的一种情感跃然纸上。公平，公正，有分寸，恰到好处。郭玉恒也不知道从什么时候起，在他压抑又忙碌的工作和平淡如水的生活里，多了一份对陶玉的关注。

三个人吃完饭，洗过碗筷，懒散地在院子里晒着太阳。

“真是说曹操，曹操就到啊。”肖娜眼尖，老远就看见陶玉和乔桥、何佳佳在调解室门口站着闲聊。郭玉恒向陶玉这边望过去。

陶玉见他们几位警官走过来，主动招呼着。

“吃美了吧？看你们这个闲在劲儿。”陶玉说。

“你们也吃过了？”

“吃过了。出来放放风。”陶玉回答着肖娜的问话。

“郭帅，下午司徒鹤那个案子的‘苦主’过来，我先听听他们什么意见，回头有什么不明白的还得麻烦你呢。”陶玉既然碰见了郭玉恒，顺便就跟他说了下午的安排。

“你别跟我们头儿客气啦，有事尽管找他，刚才还夸你呢。”肖娜的多嘴，让陶玉有点儿丈二和尚摸不着头脑。她有点儿不好意思地看了看郭玉恒。

“肖娜不是说了吗，有事尽管来找我。我随时恭候着你。咱甭客气。”郭玉恒有时候有点儿讨厌肖娜的这张嘴，但话赶话到这儿了，他倒故意大方起来，这让肖娜有点儿不爽。

陶玉看在眼里，小心谨慎地赔着笑脸打着哈哈，目送着三位警官走远。

第十四章

调解员到底向着谁说话

张爱霞的爸爸妈妈和公公如约来到了调解室。之前因为在医院见过面了，他们对陶玉好像多了一份亲近。

两位伤者的长辈看上去应该不是很大的年龄，这几天却明显苍老了。那种由于身心疲惫所带出来的浊气，似乎能传递到周围的人，叫人看着他们都会感到一股压抑。缓慢迟钝的步伐实在不该是他们这个年龄应有的举止。三个人看见陶玉，一并向她投来求助的眼神。

“路上不好走吧?”陶玉询问着。她怎么会不知道，对北京根本不熟悉的他们，要从那么远的医院到这里，那份周折和拥堵一定超出了他们的想象。即便他们迟到了大约半个小时，这也是在陶玉的意料之中。

“北京可真大。不认识，坐公交车倒了四次才到这里。”张爱霞的妈妈回答。

乔桥和何佳佳很懂事地给三位倒水喝，又把椅子并排放在陶玉的办公桌前，让他们坐下，就各自去忙了。他俩尽量不让自己弄出声响，怕影响到他们。

“俩孩子好些了吗?”

“估计得几次手术，特别是我女婿，情况不太好，因为已经出现感染了，高烧不退，即便是手术也得等等。”

调解室很安静，好像谁都怕触痛来者的伤心处。

“你们几家商量了吗? 有什么打算?”陶玉看着眼前的三个人，很想看到他们其中的某一位能进入到一种理智、清醒的状态。这样，他们的沟通就会容易些。

“全乱了，全乱了，我们几家子都不知道该怎么好了。楼上楼下躺着的，是我们几家的命根子啊!”

“您别激动，我能理解你们的心情，所以，咱们要尽快、冷静地处理好才是，您说是吧?”陶玉安慰着。

“那两个害人的家伙，我让他们不得好死。”张爱霞的爸爸嘟囔着。陶玉只是看着，没吭声。

“你说那些干吗，让调解员给咱出出主意。”张妈妈阻止着老伴，她生怕老伴不理智的态度让陶玉反感。

眼前人的激动情绪早已经在陶玉的预想之中。她每天都要碰到这种情形。每到这时，她一般不去过多地安慰或阻止，她知道她的这个身份容易勾起当事人双方的各种不平情绪。她不会傻到在这个时候还去多言，把当事人的气愤、宣泄无端地引到自己身上来。“说说，就让他说说吧，说出大天去，最后还不是得有个结果。”陶玉心里总这么想。

陶玉每遇到这种情况的时候，就允许自己开一会儿小差儿：倒个水，或者看看两个同事都在干什么，要不就是漫无目的地拿着笔在废纸上胡乱地划着。总之，她会给对方一点儿时间去平复心情。

张爱霞的爸爸依旧是愤怒的表情，老伴在一边不停地劝着、制止着，她又要时不时地观察陶玉的面目表情。她很想在陶玉没有给出建议之前，就能从陶玉的脸上得到一些对自己有利的信息。

陶玉耐心地等着他们都不再作声了，才开始她的问话。

“到底怎么商量的呀?”陶玉特意看着张爱霞的爸爸问。

“他们得负责到底。我们两个孩子不能这么平白无故地遭罪。”老人的目光里充满了愤怒，同时也带出了要跟两个肇事者决一死战的那股子狠劲儿。

“好，那您说，让他们怎么负责到底?”陶玉顺着他的话茬儿再追问。

“怎么负责? 那就是所有的都得负责呗。眼前看病，今后的生活，他们都要负责。”张爸爸的声音越发高亢起来，他好像要告知全世界的人，让他们知道他的女儿和女婿遭遇了如此大的灾难，他作为父亲必须给他们讨回来一个公道。

“好，就是今后，哪怕就是负责一生，这也得有个头吧?”陶玉有一种预感，今天的调解虽然只到了一方，但也不是那么容易的。眼前人的态度和意见，不是她想象的那样。哪怕是接近些也好。

张爱霞的长辈们被陶玉的话震慑了一下，瞬间都不吭声了。

陶玉见势继续说：“我非常理解你们的心情。但是，任何事发生了，我们能做的就是把事情解决，把事情处理得尽量妥当，把损失降到最低。你们同意我的观点吗?这种时候再意气用事，你们觉得有益处吗?”陶玉在很短的时间内已经控制了谈话的方向，这些都来自她这段时间以来的工作经验。

“您的意思是他们赔点儿钱，这事就算完了吗?那样的话，我们绝不答应。”

“嗯，我们肯定不答应。这不是赔钱这么简单的。”当事人家属纷纷表态，相互对视着，彼此鼓劲儿，坚定着他们之前的决定。

陶玉不慌不忙，逐一望着眼前的三个人，看着他们的表情，又像在暗示他们，让他们听清自己后面的话。

“赔钱简单吗?”陶玉故意停顿了一下，她要把目前的难处说得更清晰一些。

“除了事故当天，对方交了住院费，后面的治疗费你们见到了吗?你们见过对方责任人吗?据我所知，没有吧。”

陶玉说这话的同时，觉得自己有些残忍，她从骨子里是同情张爱霞夫妇的，可事实就是这样。司徒鹤跟张志他们不管是出于害怕，还是想躲避责任，直到现在都没敢再露过面。也许他们做了最坏的打算：被起诉，再来承担责任。然而，眼前的一切对于受害方来说都是被动的。毕竟躺在病床上的人是他们的亲人；忍受着身体的痛苦的，是他们几家子的心头肉。

谁能忍心等一切事情解决了再去关注两个年轻人的病情？这场飞来横祸，从一开始就注定了他们的痛苦、他们的焦虑、他们的无奈了。他们想不被动都不行。

“现在别说赔钱，就是道义上所讲的，他们该出的钱也没出吧？当然他们可能有他们的原因，比如确实没钱，比如怕是个无底洞，还不如等案子了结了再说，这些都是有可能的。这些都无可厚非。”

“无可厚非？调解员，您到底向着谁说话呀？我们是受害者啊！”张爱霞的爸爸瞪大了眼睛，似乎陶玉就是伤害他们孩子的当事人。若不是陶玉这个调解员的身份，他恨不得用自己凶狠的目光杀了她。

陶玉没想到自己的一句话终于把对方激怒了，可她内心又希望他们有这种激动。只有这样，才能把他们的思绪从他们的小世界里拽出来，才能意识到要想解决问题，不是凭他们的想象那么简单的。

“中国有哪条法律规定，事故责任方在出了交通事故后要把全款到位的？先由受害方治病，然后多退少补的，你们听说过吗？别说中国，世界任何一个国家都没有这条法律吧。那我问你，能怎么办？我再向着你说话，能解决问题吗？”

新一轮情绪的爆发，再一次被陶玉铿锵有力的话语直击要害。三位当事人的脸色越发难看了。慌乱的眼神已经不可能再被理智控制，那种苦闷、无助、怨恨的情绪因无法宣泄错综叠加在一起，转化成一股带有巨大压强的气流，瞬间就充满了他们的内心。这股情绪好像要把他们每个人的胸膛都撑开，否则这种高压的气流就要变成一团烈火，将他们各个焚化。

陶玉看着眼前激动的三个人，暗自叹了一口气。她的确开始为他们着急了：既不懂法也不理智。只会说，“我是受害者”。他们难道就不清楚，自己已经是受害者了，如果再不理智的话，在某些情况下，会受到更大的伤害和损失吗？没办法，看来，她只有继续耐心地规劝了。

张爱霞的妈妈跟着两个男人抱怨了一阵儿，开始回过神来，她恳求陶玉帮忙出个主意。

“你们现在最需要的是什么？”

“我们当然最需要钱了。他们结婚不久，我们又给他们凑钱在北京买了房，两家子都没有太多的积蓄了。可眼下连后面的治疗费都没有了。您说我们能不着急吗？”张爱霞的公公一直很少说话，听陶玉这么问赶紧回答，分分钟也不敢耽搁。

“他们那边也不给出钱，我们实在是太难了。孩子们受苦我们当家长的帮不了，但后面的治疗费我们拿什么给呀。唉！”一提到孩子，张妈妈心酸地低下了头。

“不给，我就起诉抓他们。看他们给不给。”

“你就不能少说几句吗？老说那没用的。”

“冤有头债有主，我说的不对吗？法治社会了，还能治不了他们！”

“那就只有告他们。”

“就告他们。抓了他们。我看他们还敢不管。”张妈妈和老伴依旧互相辩论着。

“太没有问题了。你们现在就可以商量起诉的事。抓不抓的，咱先不说，这不是你说了算的，有法律管着呢。你起诉这个过程中，你觉得对方还会给你们支付钱吗？你们俩孩子是不是要等到法院判决下来了、赔偿金下来了才去做后面的手术？你们想好了，就可以提出诉讼了。不过，就我的经验，我告诉你们，就是到了法院，也要等你们的治疗完成了才能判决。否则，哪有赔偿依据啊？”陶玉又说到关键的时刻了，她像平时做调解一样，起来倒水喝水，为的是缓和一下气氛，也给对方一个考虑的时间。

整个调解室一直就没有别人前来咨询，除了陶玉和他们的对话之外，就再没有别的声音了。乔桥一如既往地托着腮，浏览着新闻网页，侧耳听着陶玉的调解；何佳佳也只是听见从陶玉嘴里说出“可以商量起诉”这几个敏感的字眼后，才下意识地看了看陶玉，分辨着她这句话的真实度。

陶玉心里明白，这个案子，只有他们这些专业做过调解的人员才能预测最好的结果或者是最坏的结果。调解的关键是要充分了解当事人双方的心理、意愿、需求和能力。更重要的是只有他们才知道解决这个案子的各个环节和所需要的时间。眼下，对于急需要治疗的张爱霞夫妇来说，抢在第一时间治疗才是最关键的，况且那么大的一笔治疗费用，如果只靠着他们自家解决是根本不可能的。这点，她在之前和郭玉恒已经调查清楚并分析过了：张爱霞一家还是有可能达到相对好的调解效果的，就看他们是否接受了。陶玉心里着急，但作为她的身份，她是不可能流露出一点个人的意见和建议的。毕竟事关重大，她不能替别人作决定，她担不起责任，也没必要去担。可她还是希望对方能信任她，只苦于不能明说。她心里暗暗地想：“你们的脑子就不能转个弯，想想我们是干什么的。我们每天要处理多少这种事，还能没有你们有经验吗?”

屋里的受害方家属依旧在嘀嘀咕咕地商量着，说着各自的顾虑和担心。他们的意见并不统一。

“到底为什么让这三个人如此犹豫不决?”陶玉在心里反复思考这个问题。遇上这么大的家庭变故，他们感觉到不公那是肯定的了。天灾人祸的降临让他们猝不及防，事到临头了，他们只有紧张和怨恨，以至于乱了方寸。陶玉是事外之人，她可以站在最远处，看着事态的进展，预测着事态的发展，而又不用去承受家人的不幸给自身带来的切肤之痛。她很想换个思维，把自己的角色变成当事人，或者是他们的家人，竭尽全力去挽回已经充满残缺和遗憾的局面。但是，往往这会被当事人拒绝。他们的潜意识告诉他们自己，谁也不可能替代他们的痛苦和绝望，谁也不可能感同身受地去理解他们，更不会站在他们的角度去替他们想办法、拿主意。一切的决策都要靠他们自己。他们往往认自己的命，也往往只相信自己。相信只有自己才能站在自己的立场对自己负责。此时的他们满脑子都是“自己”。曾经的幸福快乐是自己的，现在的痛苦也是自己的，如若能改变，当然还是要靠自己。似乎只有这样，他们的利益才是掌握在自己的手里了。而外人怎么可能把他们的利益最大化？那没有道理。

人在某一个关键的时刻把“自己”想多了，就失去了正确的判断能力。听不得一丁点儿与自己相悖的意见，看不得一丁点儿与自己的想法相异的态度。哪怕那是客观的事实。惯性会让他们在这一时刻防备、抵触起来。陶玉眼前的三个人，印证了她的这个想法。

陶玉设想着，“是不是有了警官的出面，会让他们放松一些。毕竟那身制服，足以让他们信赖。”陶玉拨通了郭玉恒的电话，请他下来和这几个人见个面。调解的中途给郭玉恒打电话求助，这对陶玉来说还是第一次。

“郭警官，他们来了。”陶玉和进来的郭玉恒打着招呼。

“你们的事，警队里也十分重视。郭警官是第一个接手这个案子的，你们要不要也听听他的意见呢？”陶玉之所以请郭玉恒下来，是想让眼前的三个人更放心、更踏实。

郭玉恒明白了陶玉的用意，他和陶玉的这种默契不知道在什么时候形成的。也许是在那天加班的晚上，也许是在去医院的路上。他了解陶玉的办事风格，今天能出乎意料地请他中途来调节室，郭玉恒心里一下子就明白了：很多话陶玉是没法开口的，她需要他的帮助。

郭玉恒又把之前在医院和他们说过的案发经过言简意赅地讲述了一遍，很有分寸。陶玉很是佩服他的职业素养。任何不该透露的信息和言辞，一点儿都没有。他只是反复强调，一定要先想办法抓紧时间给伤者治疗，如果同意走调解，陶玉这边会积极配合找责任方接洽，前提是对方也答应配合。

“如果你们找他们谈，能给多少钱?”

“这个不好说，这就是为什么需要调解、要去做工作。我只能去试试，目的是先让对方出一部分钱，把眼前的手术做了，以免耽误了孩子。但我不敢打包票。”陶玉实话实说，不过心里有了一丝暗喜，终于能让他们把视线拉到当前的大事上来了。

“你还是没谱啊!”张爸爸的口气里充满了不屑。

陶玉无语了。她觉得心里像堵了块带棱带角的大石头，扎得她连喘气的力气都没有了。她不知道该拿出一个什么谱给他们。司徒鹤跟张志那边，她也确实只是经过分析与判断，认为配合治疗的机会还是存在的，具体的垫付金额并没有和对方谈起。但起码她知道，对方还有些经济实力，这点足以让她高兴。按说这也是张爱霞一家的幸事，先解决了张家的燃眉之急再说，这点，陶玉还是有些把握的。但她怎么可能说出口呢！她再想帮助他们，也不可能傻到把自己套牢的地步。

乔桥在一旁，很明显听得有些不耐烦了。他故意地来回拉着办公桌上的几个抽屉，弄出吱吱啦啦的响声。然后，他冲着那三个人大声说:“怎么才算是个谱啊?任何事都得有个过程吧?就这，我们还得反复找对方协商呢。您以为什么都会那么顺利吗?”乔桥实在是看不下去他们对陶玉的态度，不得不说了。

“要不，你们几位去旁边的休息室商量商量吧，我带你们去。”乔桥起身要去厕所，也想借故把他们几个人支开，好跟陶玉说几句话。依他的脾气，早就没那耐心了。

陶玉望着那三个人跟着乔桥出了调解室，冲着他们的背影无奈地摇着头。

“我就说吧，陶玉姐，不是我们的好心谁都会接受。都是这种糊涂车子，咱不早就累死了。你何必自讨苦吃呢！”何佳佳一边说着，一边拿出手机玩起游戏。毕竟刚才那三个人在场的时候，她还是有所顾忌的。

乔桥快步回到调解室，不停地甩着手上的水滴。他压低了声音对陶玉说：“您快别管他们了，他们爱怎么着就怎么着吧。您猜，那儿合计什么呢？”

陶玉跟何佳佳都伸直了耳朵，听着乔桥带回来的新闻。

“我在旁边洗手，听他们说：你之所以不敢打包票一下子把钱要回来，说不准这里有猫腻。他们还说，要是没有猫腻，凭什么咱们和警察都会这么上心啊。你说，这不是狗咬吕洞宾，这是什么？”

“那傻叉男的还说，他们有电话，他要找司徒鹤跟张志去，告诉他们如果不给钱，就起诉他们。那女的不同意，说最晚后天就得交一部分的治疗费，要是那样的话就得打电话回老家借钱，急得在那哭呢。”

“哭去吧，管他呢。人要作死，拦不住。”何佳佳恨不得再找出点儿解气的话来说。

“佳佳，别这么说。”陶玉温和地望着何佳佳说。

“咦？陶玉姐，我这可是向着你说话呢。”

“知道，知道，谢谢小妞了啊！”陶玉赶紧讨好何佳佳。还好，她赔上笑脸的速度，超过了何佳佳变脸的速度。何佳佳只是嗔怪地“哼”了一声，没真生陶玉的气。

张爱霞的妈妈推开门，另一只手扶着门框，只是把脑袋探了进来，冲着陶玉说："我们回去再商量商量。"她回手带上门，走了。

陶玉呆愣地坐在椅子上，从窗户望出去，三颗脑袋攒凑到一起，耳语着。很快，他们就在陶玉的视线里消失了。

第十五章

用下巴按响的门铃

陶玉现在很享受周末在家的两天时间，以前天天在家宅着，从没有过这种感觉。眼下，周末对她来说，变成了一种恩赐。

一年前，她过着天天都是“周末”的日子。每天早上用不着上闹钟定点起床，懒懒地让被子拥裹着，醒了，翻个身，继续装作没有看到由窗帘透射进来的光亮。她会让耳朵清醒几分钟，来分辨时间。窗外会不时地传来过车的声音、人们急匆匆行走的声音。偶尔听到妈妈们嘱咐孩子是否带好要交的作业、上课要注意听讲。再有就是，楼下那个讨厌的垃圾桶，放得离他们这个单元是那么的近。一拨一拨拾荒者翻动垃圾桶的声音，总让陶玉逃脱不了，听得心烦。每到这时，她就会有两个冲动。一是飞快地穿好衣服下楼，发狠地把那个又大又臭的垃圾桶拖走，拖到对面的草坪里去。二是下决心要重新换窗户，换个隔音好的双层窗户，否则，她就不会有个安宁的清晨。当然，这两个冲动一次都没实现，她能做的，就是把头埋进被子里，继续大睡。

陶玉第二次醒来，基本上都是被那个“卖甜桃嘞”的外地口音的吆喝声叫醒。那是个游走在小区里卖水果的家伙，推着个没闸没铃、生了锈的自行车，后面挂着两个大大的竹筐，盖水果的塑料布上放着一把不知道称芯准不准的长杆称，这些物件在城里已经很少见了。就像上班打卡一般，只要不下雨，哪怕是阴天、就要下雨了，还是能听到他执着的叫卖声。陶玉即便是家里再没有水果可吃了，也没想过到他那里去买。她讨厌这个人，腻歪他那叫魂一般的声音。

下午一般是陶玉清醒过来的时候。她会轮流约上还算说得过去的女伴逛街、购物、花钱。看上眼的衣服，一定要试穿一下，对着店里的穿衣镜左看右看，其实类似的衣服还安静地躺在她的衣柜里，她从没上过身。即便是不买这个，也多半会在这家店里花些钱买点儿别的，她怕服务员给她脸色看，怕人家说她只看不买。既然是花钱，那么整个商场的任何一个角落都会是陶玉驻足的地方。如果半天下来，实在没的买了，她就会怀疑起家里的洗碗布是不是该换了，一定要买一个新的回去。如果逛累了，她就会在商场的附近找个咖啡厅坐下来休息。饿了，那是她最喜欢的状态：她会找不同风味的餐厅大吃一番。从华灯初上，吃到万家灯火。接下来就是奔赴牌局，直至通宵达旦，算是结束了陶玉一天的日子。

后来，她爱上了韩剧。韩国的文艺创作者从来不会想到，他们的作品能让一个中国女人改变了贪睡、暴饮暴食、不理智购物等习惯，变得没日没夜地跟他们的剧情较劲儿。这些光碟，让陶玉如醉如痴。她不再出门，不再化妆，从不起火去给自己做一顿正经饭，甚至连外卖都懒得叫。她学会了集中采购，去一趟超市会买出一周甚至几周的方便面和零食，甚至连卫生纸和卫生巾都批量购买。当然备货最充足的是大桶的雀巢咖啡、成斤的绿茶和整条整条的香烟。这些都是陶玉的伴，能陪着她一起游历那些被创作出来的韩国女人们的生活，体会那一段段剪不断理还乱的恩怨情仇。

那一张张光碟就像是一棵棵诱人的罂粟，渐渐地让陶玉上了瘾，仿佛吸食过后，她的兴奋点都体现在剧中人的命运中了。可现实生活中却不再有了以往那神清气爽的她。一旦从剧情抽离出来，她就会有一种强烈的疲惫感，没着没落，无所适从。

她也曾需要过男人，需要过大勇。她更需要大勇需要她，离不开她。那是她的价值所在。曾经是这样的，后来却一去不复返了。那么钟爱过她的大勇也不要她了，毕竟他和别人有了他的女儿。婀娜优雅、风情万种的陶玉在这个小小女人面前居然没有了一点儿优势，彻底丧失了竞争力。那是他的血脉。

陶玉的内心是渴望别人关爱的，不过她还可以忍，可以克服这种奢望。但她更需要：别人需要她！那会让她生活得有方向感，让她觉得自己活着有意义。也许，韩剧里的人物是需要她的，要不设计出那么百转千回的情感纠葛干吗？这不正说明，起码需要她的眼泪，不是吗？

那种日子，已经离陶玉很远了……

陶玉起身，把卧室和客厅的窗户全部打开，好让外边的阳光和新鲜空气飘进来，给她的小窝换一种温暖，换一种清新，也换一种心情。

她的家很少有人来，即便是老朴这么熟悉的人她都很少让他来。她喜欢自己独处时完全占有空间和时间的感觉。哪怕老朴放下男人的自尊，多次耍赖申请来她的家里喝茶聊天，哪怕是帮她干点儿力所能及的体力活都会被陶玉巧妙地拒绝。当然，那一次例外。

陶玉经手的案子中的那些当事人要比老朴幸运多了。他们几乎每天都会被陶玉想着、念着，“带”进这个家里。自打陶玉认识了他们，接触到了他们，这些人就围绕在陶玉的身边。在她这个家，他们也就替代了电视，替代了光盘。他们让陶玉的生活灵动了起来，有了生机。

这七十多平方米的房子，从陶玉开始工作起，变得热闹了许多。每一个角落总会错落有致地被各种声音充斥着。卧室床头柜上放书的声音，开衣柜的声音，抻展床罩的声音……马桶冲水的声音，浴室里哗哗的水声，牙刷快速地在牙缸里碰撞的声音，洗面奶的盖子“啪”的闭合的声音，双手在脸上轻轻地拍打润肤水的声音……开冰箱门的声音，面包的塑料包装袋子哗啦哗啦的声音，不锈钢奶锅的锅盖被打开放入鸡蛋、接水、墩放在灶台上的点火的声音……各类遥控器、烟盒、打火机被整理的声音，拍打沙发靠垫的声音，几本书在桌子上被戳齐的声音，打开笔记本电脑的声音……这一切的一切都被一双来回不停走动的拖鞋的声音引领着方向，让陶玉的房间奏响了一曲“清晨交响乐”。

陶玉走进厨房，关了火，把煮熟的鸡蛋剥好放在盘子里，又把牛奶在微波炉里转了一分钟，拿了面包和果酱，回到客厅开始她的早餐。

恢复早餐的习惯也是从去调解室上班时开始的。两个人一起用早餐的感觉那可真是久违了。陶玉拿起鸡蛋咬了一口，她很喜欢蛋清的香味。大勇吃煮鸡蛋喜欢蘸着酱油吃，她却不能接受酱油的生性味。大勇不喜欢吃面包，说面包太松软了，吃多少都吃不饱的感觉，他喜欢早餐吃馒头、花卷或豆包。陶玉总会在大勇起床之前把这些用蒸锅加热好，等他坐到餐桌前吃的时候正好不凉不热。陶玉喝了一口牛奶，又拿起一片面包往上面涂着蓝莓果酱。她觉得好奇怪，怎么总是不由自主地想起大勇呢？他似乎在陶玉的生活里消失了快一个世纪了，她怎么又想起他了？他这会儿在干吗？也是和她一样在吃早饭？还是陪着他的女儿玩？他的早饭还是他习惯的那老几样？是那个外地女人给她准备好的？他还是像以前那样一切都擎着现成的？陶玉暗笑着自己：想这些干吗，难道是想他了？还是想男人了？该不会是犯贱，想有个家、想去照顾男人了吧。

女人是需要男人的。需要男人和她说话，需要男人帮她干她做不来的家务活。需要他说“你这件衣服顺眼”，需要他说“你烦不烦啊，化个妆就得半小时，还出不出门”。女人真的是需要男人的。她愿意对他察言观色，愿意为他熨烫好所有的衬衫和领带，再帮他穿戴好打理好，目送着他出门。她享受男人把头枕在她的大腿上，伴着她嗑瓜子的声音看电视。她更得意男人把全月的工资交到她手里，然后一本正经地说“你看家里该添置什么自己去买啊，我可没时间”。陶玉觉得，那才是女人，那就应该是个家了。

座机的电话铃声催命般地响了起来。陶玉咽下口中的面包，赶紧起身去接听。

“起来了吗？”是老朴的声音。

“没起来这不也被你吵起来了。”陶玉觉得最后一口面包吃得急了，有点儿被噎住了似的。

“我过去找你吧，向你汇报工作。”老朴的声音听上去有点儿兴奋，又怕被拒绝，赶紧补上一句，“我离你家不远了。准了吧？”

“今天可是周六啊，您不是雷打不动在家的吗？怎么，‘越狱’了？”陶玉早就知道老朴的这个习惯，她有点儿意外。

陶玉的口气对老朴来说当然是一种惊喜，他仅凭着声音和短短的几句话就知道，机会就在眼前了。他开始愉悦起来。

“找你真有事。”

“过来吧，不过今天周末，小区里不一定有车位啊，你自己找停车的地方吧。”还没等陶玉的话说完，那边的老朴就像被大赦了一样，匆匆挂上了电话。

“什么人呀这是，毛兔子呀!”陶玉拿着电话，听见里面已经传来“嘟嘟”的声音，自言自语着。

陶玉赶紧喝完了剩下的半杯牛奶，她要抓紧时间再收拾一下本来已经很整洁的房间。男人都喜欢利落、贤惠的女人，不是吗？她曾经懒散的那段日子，老朴的那份抓狂陶玉心知肚明，要不他也不会让陶玉去做现在这份工作。这些年来，老朴真是个对她不离不弃的朋友，这让陶玉感到很是欣慰，现在还多少有了一些幸福感。她在老朴面前永远没有防备，有的只是任性和矫情，老朴也总是照单全收。陶玉有时想，当初要是没有大勇，她会接受老朴的追求吗？按说老朴的条件除了年龄大了一些，也算是自由身，不管是从经济实力还是家庭背景都比大勇强很多。光是几十人的工程公司就够他忙乎的了，可他还总有足够的精神头去投资他感兴趣的事。他感兴趣的就是钱，只要能挣钱的事，他都会津津乐道。有人管这个叫事业心。

虽然早上一直开窗换空气，陶玉还是担心房间里有烟味。她找出熏香点上，又从鞋柜的最底层找出一双男士拖鞋。鞋面上已经落了一层灰尘，陶玉连忙去洗手间拿来一块湿布，把鞋擦干净，在一进门的脚垫上摆放整齐。还好她提前发现了，要不被老朴看见她刚才的动作，她多少会觉得有些尴尬。

陶玉回卧室换了一套全棉的浅灰色休闲服，她从镜子里瞥见自己的脸色实在被这身衣服衬得不怎么好看，正拿唇彩刚要涂上，门铃响了。

“等一下。”陶玉一边喊着，一边在嘴唇上淡淡地涂上了粉色的唇膏。对着镜子，双唇抿了一下又放松开来，确信唇彩已经很均匀了，人变得精神了，她这才跑去开门。

玫瑰海棠

老朴一如既往的西服革履，双手拎满了东西。

“你赶上超市拆迁了吗？哪只手按的门铃啊？”陶玉见老朴的样子，忍不住笑着，跟他调侃着，但并没有上前帮忙，任凭老朴自己把东西放在一进门的桌子上。

“下巴。”老朴一边换着鞋，一边和陶玉逗着贫嘴。

“下巴？你还长本事了，下巴都会按门铃了。哈哈哈。”陶玉忍不住大笑了起来。

“不信呀？走，出去，我给你原景重现一下。”老朴故意把陶玉往门外拽。

陶玉下意识地躲闪着他，“真贫。”她像是对老朴撒着娇。

老朴就是爱和陶玉逗贫嘴，爱看她笑的样子。

“车停哪了？”

“真让你说中了，小区里没车位，我又开回超市去了，停那里了。”老朴说着，往客厅中间走。

“你就拿着这么多东西走过来的呀？可不近呢。”

“那我也不至于再打个车过来吧？”

“坐吧。”陶玉说。

老朴在客厅中央站着，环视着，屋里的整洁程度超出了他的想象，就连沙发靠垫都被整理得没有一点褶皱。“您这儿这么干净，我该往哪坐啊。”

“这不您要来嘛，刚收拾的，以示礼貌。您要不舍得坐，我给您找个板凳吧。”陶玉坏坏地冲着老朴乐。

“那我凑合坐沙发吧。”老朴坐下，又觉得外衣裹在身上不是很舒服，他起身，脱下西服上衣，只穿一件瓦伦蒂诺的白色长袖衬衫。

老朴坐定，更仔细地环视着陶玉的房间，就像头一次来那样新鲜。

“小屋捯饬得还真不错，就是差点儿花草鱼虫啥的，我下次送你一盆‘玫瑰海棠’吧，花开得特好，花期还长。那样的话，你这屋就更漂亮了。”

“得了吧你，别给我找事了。我可没时间伺候。”

“这倒是，那花得仔细养护才行。”老朴这个建议算是白说。

“今天你怎么有空？监狱长没在啊？”陶玉一边大声说着，一边走进卧室，拿了衣架，又折回到客厅，把老朴随手搭在沙发扶手上的上衣挂了起来。

老朴停顿了一下，他不知道陶玉说的“监狱长”到底指的是孩子，还是孩子他妈。“陶玉应该不知道曲敏每到周末还回我那呀，我没和她提起过。”老朴心里犯着嘀咕。“学校最后有一个封闭式复习，孩子这周不回来。你不给弄点儿水喝吗？”他打着岔。

“催命啊！你等我腾出手来行吗？想喝什么，茶还是咖啡？”

“喝茶吧。哦，我也给你带了今年的新绿茶，他们送我的。你喝喝看怎样，要是觉得好，我再跟他们要。”老朴走到一进门的桌子旁，开始翻腾带过来的那些东西。

“不知道该给你买些什么，就随便挑了几样。”

桌子上布满了老朴买来的东西。除了两大袋子水果和零食以外，居然还有成盘的生鸡翅和精选新鲜小排骨，速冻饺子和馄饨也各有一袋，还有天福号真空包装的肘子和月盛斋的酱牛肉。

“你这支援难民来了吗？”陶玉瞪大了眼睛，真不敢相信这些都是老朴买的。

“这些都不怕坏，你放在冰箱冷冻室里，吃的时候方便。我估计你平时没有时间买吧？”老朴低着头，把桌上的东西分类整理着。

“别把我想得日理万机的，我有时间。”陶玉傻站在一旁，看着眼前的这些食品，心里掠过一道温暖。她没有想到，老朴居然能细心到这个程度。她偷瞄着老朴，觉得自己的脸有点儿微微发热。

“别傻站着呀，放冰箱里。”老朴拿起那些要放在冰箱里的东西，冲着陶玉说。

“哦，这边。”

两个人干活就是快，没一会儿工夫，桌子上的东西就按部就班地入位了。老朴洗了手，走到茶几前，喝起了茶。

陶玉像孩子一样，翻看着老朴给她带来的零食，找出她喜欢的薯片吃了起来。她一边吃，一边接过老朴给她倒好的茶，并找着话题跟老朴聊天。

“你最近工作忙吗?”

“咱今天不提‘工作’这俩字行吗? 你的工作也别谈啊，忙一周工作了，今天休息。”老朴打心眼里不想在今天又没完没了地谈什么工作，特别是怕陶玉谈起。陶玉谈起工作来的那种亢奋状态，他已经领教过了。他怕再招惹起她的话题，白白浪费了今天这得来不易的好时光。

“哼，连工作都不让说了，那跟你还有什么话啊。”陶玉感到自己的话被老朴堵回去了，开始埋怨着。她盘起腿来，坐在老朴对面的双人沙发上，有滋有味地吃着，故意不吭声了。

“你跟我没话说，我跟你有啊。”老朴起身，拿起唯一没给陶玉看过的袋子。

“试试合适吗?”老朴把给陶玉买的户外套装和鞋子递给她。

“你还真给我买那双鞋了? 呦，怎么还有衣服啊?”陶玉放下手里的薯片，抽出茶几上放着的湿纸巾来回擦着手，眼睛打量着衣服和鞋子，又看了看老朴。

“一般户外服装的颜色不都是艳齁艳齁的吗? 你这个挑的还真不错，挺有眼光啊你。”陶玉接过衣服，在身上比划着。是她喜欢的玫瑰紫色为主，配搭着灰、白、淡绿的暗花。整体看上去很时尚。陶玉还从来没有见过这么养眼的户外服饰呢，面料很是讲究，手感很柔滑。她第一眼就喜欢上了。

“我决定咱们五一去新疆玩一圈，季节正好。”老朴说出了今天来的真正目的。

自打上次和陶玉提出想在五一黄金周他们俩出去旅游的想法，老朴就一直惦记着这事。这段时间，只要他能闲下来就在网上找各个旅行社咨询，设计各种旅游线路。他作出了周密的安排和计划。他觉得，就冲他这一片苦心，陶玉也会答应。

“新疆? 不会吧? 这么远啊!”陶玉被老朴的提议吓了一跳。

“再远也没让你走着去啊。”老朴自己拿起茶壶，把他和陶玉的茶杯都倒满，又起身走到饮水机旁，把茶壶的水蓄足。

“咱们飞到乌鲁木齐，先去天池玩一天，吐鲁番一天或两天，不累的话再去南天牧场一天，回来再跟乌鲁木齐市内转一天，够紧凑的吧？这样的话，什么天池、大阪城风力发电、盐湖、葡萄沟、交河故城，哦，还有砍井，这些景点咱都能去看看，回来在大巴扎买些你喜欢的东西。怎样，我设计的不错吧？”老朴一口气，把这些日子做足的功课全部向陶玉汇报了。陶玉瞪大了眼睛，听着。

老朴还没等到陶玉的表扬，手机响了。

是高强的电话。接还是不接呢？老朴犹豫着。他真讨厌高强这会儿给他来电话，除了陶玉那点儿事，他想象不出，高强还能和他说什么。

“谁的电话？怎么不接啊？”陶玉见老朴的手机一直响，他只是看了看，却没有接的意思，感到纳闷。

老朴也意识到当着陶玉的面不接电话，有点儿不妥，他不想让陶玉往别的方面想。

老朴按下了接听的按键，特意回避了以往和高强打招呼时说的“高律”俩字。

陶玉在一旁把摊在沙发上的衣服整理好，又拿着老朴给她买的鞋试了试，还一丝不苟地系上了鞋带，起身在屋子里走了走。她很想避开老朴的电话。

“咱今天不谈工作行吗？改天。我这有点儿重要的事谈，您看好吗？呵呵呵。”老朴讲电话有点儿不自然。以往他跟高强说话，几乎没用过“您”字。

老朴继续寒暄了几句，觉得这个电话即便是陶玉听见了没有啥问题了，才满意地挂断。他不想让陶玉知道是高强给他打的电话，又怕她误会是别的女人。他不想让这么融洽和谐的谈话气氛被任何人打乱。

“接着说咱们的事。领导觉得怎样呀？给个意见。”老朴等着陶玉答复。

陶玉没有作声。其实这段时间以来，她也想过到底该不该答应和老朴去旅游。她和老朴心里都明白，这不是一次单纯的旅游，而是他们俩关系的一个分水岭。她的内心深处有一个声音曾对自己说过：“有这么个男人默默地、执着地追求你，你干吗还不答应啊？又不是心里还有大勇？”陶玉没想过独身。她也明白，既然错过了青梅竹马的好年龄，也经历过了轰轰烈烈的爱情，那就不如找一个爱她更多一些的男人成个家，好好地过后半辈子。老朴可以说是最佳人选了。虽然他身边也不乏女人，但陶玉把这视为男人在外无法避免的一些局面。她能感觉得到，老朴的心思一直在她的身上，这点儿自信她还是有的。毕竟认识这么多年了，老朴对她的那份情义，连周围的朋友也都看得一清二楚。可她为什么就下不了这个决心呢？是他们太熟悉？错过了由朋友升级为恋人的好时机？还是她对自己没有把握？要不就是她还在期待着下一次惊心动魄、荡气回肠的新恋情？她有时候很想就这么接纳了老朴，可又觉得缺了点儿什么。她有时候又觉得不能接纳老朴，哪怕他们有过了那一次酒后的身体交融与欢愉。在感情上，陶玉一直这么纠结着。好在她现在有了喜欢的工作，她也算是在帮老朴，还了他的人情。这让她的注意力完全转移了。

“想什么呢？说话呀！”老朴见陶玉不吭声，面色露出了一些尴尬，又略带有一丝紧张。他顺势坐到陶玉的身边，盯着陶玉看。

陶玉没有刻意躲闪，继续吃着薯片。

“可我不知道五一我们能不能休假啊？”

“这个你该问我，我说你休假就休假。别忘了，我也是这个项目的股东之一啊。傻丫头。”老朴拍了拍陶玉的头。他感觉到了，陶玉很享受他这么对她，要不，她不会没有任何抗拒，只是娇嗔地“哼”了一声而已。

有的时候，默认比直白地肯定更让人觉得有味道，那种含蓄同样能让人欣喜若狂。

第十六章

冤大头的赔偿金

高强很是迫切地想和老朴再见个面。他还要好好跟老朴谈一谈。

周末跟何佳佳的见面，让高强觉得很不安。何佳佳只字不再提陶玉，还总是笑嘻嘻地对着他，没有了以往的那种激动与抱怨。这反而让高强心慌起来。整个晚餐，高强都对何佳佳赔着笑脸。他自己心里也觉得憋屈，哪见过这种雇佣关系的。可高强只能这么做，惹恼了何佳佳，就等于彻底断了京中调解室的案源，那他们以前的所有投入与努力就只有打水漂了。他不能关上何佳佳这个窗口。

何佳佳跟高强提出，要调整她的工资提取方式。她不可能再接受这种靠案件返点提成的方式了，她说什么也不接受了。

何佳佳翘起高傲的下巴，不想再和高强用温婉的态度对话。她已经把对面的高强当作陶玉的替身，她要冲着高强宣泄她工作上被压抑的种种不快。她唯一一次直视高强，是她大声地告诉他“我得生活”。随后，她又把眼睛撇去一边，看着邻桌的一对小情侣打情骂俏。

“北京现在什么生活成本，你不会算吗？房租、水电、通讯、交通，这些是每月必需的吧？我还必须吃饭吧？都指着我拿案子回来再付给我这些，你们现在觉得现实吗？在这个调解室还实现得了吗？”看似柔弱的何佳佳在关系到自身利益的时刻一点儿也不含糊。

“如果事务所没办法解决，我只有走人。”这是何佳佳甩给高强的最后一句话。

高强被这个意想不到的新问题难住了。

一直以为何佳佳这个外乡女孩儿是他们最好的前战人选，一直以为京中点的案子数量是足以出成绩的保障，可目前看，一切都不是高强想象的那样。

“陶玉，真是一块烫手的山芋。”高强心里像念叨着咒语一样，不停地重复着这句话。眼下，他是既无法跟马律师交代，又拿老朴没办法，何佳佳又给他来了这么一出。他就像吃了一只死苍蝇，吐出来或者咽下去都做不到。

高强又给老朴打了两次电话，老朴都说很忙，不过他答应高强，会和陶玉好好谈谈。他也劝告高强，做生意要有长远的眼光，着急不得。

老朴确实忙，忙着五一长假跟陶玉的出行安排。至于高强的担心对他来说根本不是个事。还是那句话：他没想过在这个项目里分到好处，只要别给章占军惹事就行。何况，他每月是实实在在地有投入的，这点，他想高强和马律师也说不出他什么来。再有就是他看到了一个全新的陶玉，她现在每天是那么充实和高兴，他觉得自己的投资是值得的。

老朴从各个旅行社打听出了新疆的最佳旅游线路，但他决不会跟团走。他不想让他和陶玉第一次的二人旅游就被陌生人羁绊着。他不能接受旅游团每天像赶三关似的奔波，照个相都要留出固定的时间；他也不接受旅游团的伙食。他曾经给单位的员工组织过类似的旅游，那十人一大桌的饭食，如果没饿到一定份上，实在是难以下咽。最关键的是旅游团包住的宾馆不会超过三星，即便是豪华团入住的宾馆他也看不过眼。他想想每天和一大帮人一起，听着导游哇啦哇啦的讲解，有话没话地活跃着气氛就受不了。那几天，他只想跟陶玉说话，只想听陶玉说话。

他开始忙着给新疆各地的朋友打电话，先联络一下感情，垫个话，不需要麻烦他们招待，只是帮他安排在当地的用车。他不想和陶玉在一起的每一分钟被别人打搅，这个机会可以说他等了许久了，他十分重视。

老朴从未像现在这样，盼着过某一个节日。

陶玉的心情可没有老朴那么好，心里总是惦记着张爱霞的那个案子。这边不给出一个明确的答复，她是不能继续跟司徒鹤、张志联系的。

何佳佳说老家来了亲戚，请假几天。越是人手少，事还就多了起来。来调解的人，居然排上了队。

“下边该谁了?”陶玉送走了上一位有关车险赔偿的咨询者，喝了口水，润了润似乎要冒烟的嗓子，继续着她的工作。有时候，她真的觉得自己就是个坐堂的中医大夫。

“您有什么需要帮助的吗?”

“我想来结案，在您这还是要去队里?”说话的，是一位二十出头的小伙子。脸色难看得让陶玉怀疑他是不是刚刚跑完长途运输的司机，蓬头垢面，一脸的疲惫，猜他是十天半个月没洗过澡、没好好睡过觉也不过分。

“结案?之前调解过吗?把事故认定拿给我看看。”陶玉搜寻着自己的记忆，印象中没见过这个人。

小伙子抠扯半天，才犹犹豫豫地把事故认定书递给陶玉。

“主责孙宝柱，籍贯，安徽，六十七岁。次责薛原，籍贯，山西，二十四岁。你是薛原?”陶玉一边看事故认定书上的信息，一边跟眼前的小伙子对照着。

事故发生在五天前的健康里大街。孙宝柱未按规定行走，横穿快速车道，造成薛原紧急刹车后，将他撞倒在地。

“你们双方谈妥了吗?和解?那赔付这块你们也都双方认可了吧?该检查的检查，该看病的看病。结了案可就不归这管了。把对方的单据拿来，我帮你算算，按你的责任比例该赔多少钱。”陶玉对小伙子说道。

“我没有单据，对方没有看病。我们就谈定，我给对方八万块钱，算两清。”

“给多少?”

“八万。”

“对方的主责?你给八万?你们双方同意了?”

“嗯。”

陶玉从事故认定书上判断，薛原该是个冤大头了。

“对方来了吗?”既然人家双方都谈妥赔偿金额了，眼前的这个冤大头也乐意，陶玉就不好说什么了。她想赶紧给他们办理完过款，结案走人。

“对方没来。”薛原支吾着。

“没来怎么结案啊?”陶玉放下本来要给他登记的卷宗和手中的笔，越发纳闷起来。

薛原站在原地，开始不停地冒汗，眼睛也不敢看陶玉了，说话的声音有些颤抖。

“我就想，把钱，给您这，然后，您再给他们。起码给我做个证，我给过他们钱了。”薛原结巴起来。他的话，陶玉有点儿听不懂了。

“他，死了。”薛原从牙缝挤出这三个字，又像是要把它再吞进嗓子眼里。

“死了?”陶玉的声音很大，让一旁正做着解答的乔桥不由得停下手里的活，往陶玉这边看。

“不是没去医院吗？人死哪了?”

“家里。”

“死家里也得有死亡证明啊?”

“老家。”

“老家?”陶玉低头，又赶紧拿过事故认定书看了看，“回安徽了?”

屋里的气氛随着陶玉和薛原的对话变得凝重起来。一旁还有三位前来咨询的人似乎都忘了自己的正事，似乎都在等着这件事的结果。

薛原变得越发紧张起来，结巴得更厉害了。

“来，你先喝口水，别紧张，慢慢告诉我，是怎么回事。”陶玉把水递给薛原，故意舒缓着谈话的气氛。眼前的薛原，就连伸出的接水杯的手都是哆嗦的。纸杯虽然只离桌面不到十公分，水还是被晃得溅了出来。

从上周四下午三点半，在健康里大街撞到孙宝柱开始，薛原的脑袋一直是蒙的。

薛原开着表哥的别克轿车正常行驶，孙宝柱晃悠悠地冲到他的视线里，他赶紧刹车，可孙宝柱还是被车头的右侧顶了出去，随后蹲坐在地上。薛原顿时觉得浑身发凉，突发情况下，他只知道被他撞到的人满头白发，别的就什么都记不清了。他急忙下车，看了看伤者，没敢动。还好，老汉自己还在活动着胳膊，摇动着头，只是不说话，望着周围。

后面的车辆全都停了下来，没一会儿工夫，道路就被堵死了。围观的人也越来越多。孙宝柱执意让薛原扶他起来，薛原不敢。他不知道，如果就这样离开了事故第一现场，会不会有解释不清的麻烦。他左顾右盼地等着交警。他不知道该怎么处理眼前的局面，更担心回去无法和表哥交代，毕竟他表哥说过他，对北京的路面不熟悉，不让他自己开车出来。这会儿，薛原知道，他偷着把车开出来，还真的惹了大事了。

孙宝柱颤颤巍巍地从地上爬起来，他试图要赶紧躲开，到便道上去，好给后面的车让路。围观的人群中，传来各种声音。

“你还不扶一下啊?”

“别动了您，一会儿挪开这地，您就说不清了。”

薛原不知道该如何是好，他很想去搀扶老人，又怕自己的这个行为算是破坏现场。他上前搀扶老人的手几次都停在半途，又觉得该拿出手机打电话。他觉得应该先打110报警，再打给他表哥，最好还是先不打给他吧。他眼前出现的，不仅是老人那老态龙钟的样子，也有表哥那可怕的面容。

交警的到来终于让薛原踏实了下来，“是死是活总算有个说法了”。薛原心里认头。还没等薛原说什么，老者就主动和交警说，是自己老糊涂了，想图省事，直接过到马路对面去。

孙宝柱此时在薛原的眼里，是天底下最最善良的老人，最最诚实的老人。他简直不敢相信自己的好运气。“他老人家不是被撞糊涂了吧?”薛原不停地观察着老人的举动。刚才那瞬间的惊恐已经从老人的眼神里消失了，老人跟警察说着话的工夫，还在不停地挥摆着自己的两条胳膊，拍打着，弄出“啪啪”的声音。最关键的、也是最让薛原安心的是老人从没有躲闪交警的目光，还时不时地望着薛原的眼睛，虽然那目光有些浑浊，穿透力也显得那么微弱，但还是流露出了诚意，甚至还有些自责或愧疚。

薛原的表哥一直提醒他，说现在的车不好开，千万别出事。出了事，刮了蹭了只要是带气的，那就是没完没了的麻烦。当今的人活得都多金贵呀，哪怕是条有主的狗你都伤不起。不管伤着没伤着，一旦机动车与行人发生了交集，开车的都会心虚一下，你都有责任。谁让你强势来着？关键是接踵而来的麻烦你没法预料，也许一个小剐蹭，蹭出了沉积多年的老病也说不定，也说不清。时间加金钱是解决麻烦的唯一途径。

“怎么着，自行处理吗?”警察也很忙，抓紧时间询问着。

“嗯，嗯，不碍事，不用处理。”

“您要是觉得有哪不舒服，也得该看病看病，毕竟这么大岁数了。多亏没事。今后可别这么过马路了。多吓人。”交警除了忙着例行的处理程序，一直和老人交谈着。

孙宝柱倒是赶忙赔上笑脸，一个劲儿地应着。

交警的事故认定书很快就交到孙宝柱和薛原的手里。薛原站在交警面前，思维却已经跑出十万八千里了。他庆幸自己刚才的冷静，这要是刚才胆小了、害怕了，告诉了表哥，他可就亏大了。还好，虚惊一场。

“那后来呢?”陶玉和周围的人都静静地听着薛原的叙述，他们很想尽快知道后面发生的事。

后来，薛原就真蒙了。

交警走了，人群散了。薛原如释重负地询问着老人要不要去医院看看。孙宝柱拒绝了。薛原又放心了一块，真要是去医院，他哪也不认识，也不知道要花多少钱。要是去的话，他就真得给表哥打电话了，他身上仅有的二百六十块钱肯定是不够的。老人在原地来回走了几圈，有点儿头重脚轻的感觉，身体显得有些虚弱，兴许是被惊吓到了。

“你走吧，你走吧，我待会儿活动活动就没事了。”孙宝柱说。

薛原得到老人这么大的恩惠，怎么可能一走了之。他决定将老人送回家，这场虚惊才算真正过去了。

一路上薛原不停地询问老人感觉怎样，确信真的不用去医院吗？

“不用去医院啦，耽误时间。我就要回老家啦。不麻烦了。这人啊，跟自己过不去行，不能跟别人过不去。”老人坐在副驾驶座位上，闭上眼睛，想休息。

薛原时不时地侧过脸去，瞟着身旁的老人。老人家的脸色有些苍白。随着汽车的前行，阳光穿过路边的树枝从车窗打进来，不均匀地照在老人的脸上，使得他的脸偶尔也显出一种难看的土黄色。听说老人要回老家了，薛原心里不太得劲儿。临走临走，还让老人受了惊吓。

“他要是不急着回老家，是不是就要去医院了？是不是这件事就没有这么简单了呢？”薛原不敢想，如果那样，他会怎么样？表哥的脸又出现在他眼前，那严肃、尖刻、责怪的表情刺激着薛原。他赶紧摇了摇头，重新微调了一下开车的姿势，他要集中自己的注意力开车了。

孙宝柱的家其实就是沿着一幢楼的楼墙搭建起来的临时棚子。石棉瓦加上几块大小不一的油毡和塑料布就算是房顶了。红色的石砖砌成三面，有两面墙上方，留出五十公分左右的窗户，生铁皮包裹的房门，是这间房子看上去最豪华的部分。房门直通街面，打开门，就能看见屋里的脸盆架子和切菜的桌子并排靠着。

俩男俩女分别坐在床上和板凳上，各个脸色阴沉。他们见薛原扶着老人进来，除了投出抱怨的目光，居然没有一个人起身。薛原怯生生地把刚才的事说了一遍，又看了看老人，指望着老人能像刚才跟警察说的那样，说自己没事，活动活动就好了，不用去医院，也好在他的家人面前给自己摘清些责任。可老人这次没有。他从进屋就没再看任何人一眼，无力地蹭到床边，想上床却没有抬起腿来。旁边的两个女子扶了他，他这才倚着床角的被子靠下。孙宝柱一直闭着眼睛，没说一句话。

薛原感觉不是很好，想马上离开这里。两位男子跟他出来，站在大街上，又仔细询问了刚才的经过。

“我一再说让他去医院，他偏说不用了。他还说要回老家了，没有时间。”薛原担心眼前的两个男人替孙宝柱改变了主意。要是去医院，他该怎么办呢？他想起老人的脸色，确实越来越不好看了。如果去了医院，会有事吗？

一个自称是孙宝柱儿子的人说，他们的确要赶回老家，给母亲扫墓。至于刚才的意外，估计老人说问题不大就没什么事，但他们还需要留下薛原的联系方式，老人没事也就算了，如果真是有什么不舒服了，过几天回来再找薛原。毕竟，警察给开了事故认定书，不管谁的责任，这都是一起交通事故，不是吗？

薛原把电话和联系方式写了下来，孙宝柱的儿子说要看身份证验证才行。不曾想，薛原的身份证就此被他扣下了，到现在也没有拿回来。

调解室的人，都在听着薛原讲事情的经过。没有人着急提自己该办的事，没有人搭话，也没有人插嘴，就是想给薛原出主意的人也不敢搭腔了。毕竟人死了，所有人都说不出个轻重来。

陶玉已经觉察到这件事情的严重性了。她必须知道更多的细节，才能对这起事故作出个判断。

“那怎么谈到这八万块钱的赔偿的?”陶玉继续着她的问话。

“昨天下午老人的大儿子和女婿回来了，把我叫了去。他们是来处理老人北京的事情，把租住的房子退了。因为还要办理火化的事，需要‘死亡证明’，所以没带过来。还说让我跟他们回一趟安徽。按他们老家的规矩，人死了要过七天才下葬。我不敢去，就提出一次性赔偿他们一些钱，我不想……”薛原说不下去了。

“现在怎么证明孙宝柱已经死亡了?”

“是死了，是死了。谁会拿自己父亲的死活开玩笑?何况，他们非要我跟他们回去，说，等我证实了是真的，再解决也行。”薛原说这个话的时候，居然流露出一种知足，好像盼了许久得知自己中奖了，生怕转眼间就被别人抢走一样。他要赶紧用钱解决这件事，他怕跟他们回去后再节外生枝。

“八万的赔偿是你提出来的?”

“是的，我的能力只能筹到八万。他们还算通情达理，同意了。”薛原不敢想如果这个赔偿金额对方的子女不同意他怎么办。这些天他依旧瞒着他的表哥。如果给八万就能把这件事解决了，就可以不走他表哥的车险，那样的话，他表哥就不用知道整件事。这件事也就可以在薛原的生活里一笔勾销了。一切都会随着这八万块钱过去了。给了这八万块，起码在薛原的驾驶生涯里，不会有“因交通事故造成对方死亡”的记录。这么想下来，他觉得还是值得的。

“这些都是我们双方自愿的，我把钱带来了。麻烦您给他们。”薛原拿出了一个报纸包，里面包着的钱，有一些是他从老家朋友那里借来的钱。他真是感激农业银行可以全国联网，能点对点地汇款。

陶玉看了看薛原递过来的报纸包，没有接。她知道这件事不可能这么简单。八万块钱的赔偿金，对于一起交通事故死亡的案件来说，几乎是不可能的。但问题出在哪，她还不能断定。她必须上报给郭玉恒，让他拿出个意见。

第十七章

闷骚型男人

睡得晕天黑地的郭玉恒被陶玉的电话铃声叫醒。他伸出胳膊，在枕头周围胡乱地摸索着手机，闭着眼睛按下了接听键。

“几点了?”

“你干吗呢? 不会大白天的，还睡觉呢吧?”

“你说对了。你在班上呢? 好像刚睡没一会儿就让你吵醒了。有事?”电话里郭玉恒东一句西一句地说着。

“手头有急事找你，行吗?”陶玉拿着电话，在院子里踱着步子，急切地等着郭玉恒的答复。

“什么急事不能再让我睡会儿啊?”郭玉恒睁开了眼睛，看看手机上的时间。他下夜班后，已经睡了四个小时了。

“电话里一两句话说不清，我必须马上见你，面谈。”

“你等我醒醒，洗漱完了去队里找你。”

“你今天休息吧? 那你别过来了。你再睡会儿，我过去找你，到你家楼下我给你电话。咱们在楼下找个餐厅见面，你吃早点，我吃午饭。你看行吗?”陶玉故意把话说得很轻松，她知道自己的电话打扰了郭玉恒的休息，觉得有些内疚。

“就这么定了。我早点可吃涮羊肉啊。呵呵。”

“美的你，我没时间，还是我午饭吃豆浆油条吧。”陶玉说完匆匆挂了电话。

薛原没有听陶玉的话回家去等消息。他知道陶玉这会儿出去，一定是跟他的事有关，他要在这等。陶玉临走前，反复提醒他，不管什么情况，暂时都不要把钱给对方。这叫薛原心里很不踏实。薛原本想通过调解室把钱转给对方，好给自己作个证明。再有就是由调解员出面，一定能把身份证要回来。从此，薛原就不用再和他们有任何来往，这件堵心的事也算彻底了结了。可是现在他有些后悔了。他担心给他办案的女调解员把这件事重新来过，重新去找孙宝柱的家属谈赔偿。那样的话，就得牵扯到他表哥的车险理赔，更糟糕的是有可能这八万块钱就打不住了。他已经偷偷地把父母给他结婚用的钱全拿出来用了，他实在没有地方再能借到钱。

薛原在调解室外的休息室急切地等待着陶玉，等来的却是孙宝柱儿子一个又一个的电话。薛原不敢不接，怕对方找不到他，按地址找到表哥家里去。他真想把钱给对方送过去，来回也不过一两个小时，那样的话，兴许一切都可以结束。但目前，他不敢贸然行事。他在电话里撒着谎，一次次地拖延着时间。

陶玉凭着记忆让出租车司机把车开到郭玉恒家的小区外停下。上次队里举办运动会，她也参加了，呐喊、助威、唱拉拉歌。事后队里用车把郭玉恒他们这些运动员分别送回家，陶玉便有了印象。她看了看表，离刚才与郭玉恒的通话间隔了一小时十分钟。

郭玉恒不停地抽着烟，表情凝重地听陶玉把事情讲了一遍。

“他这种情况，不可能办理结案。你认为呢?”陶玉征求着郭玉恒的意见。

“当然。”

“不光是手续不符合办理程序，一旦这是真的，那队里这个月的案子可又多了一起‘死亡’。这就是我为什么要马上通知你的原因。”

“没这么简单，”郭玉恒使劲儿地在烟缸里掐灭烟蒂，他脑子里一刻没停地重复着陶玉告诉他的每一个细节，“除非这个薛原私了，不在你这里做结案。”

郭玉恒的这句话轻轻地抛了出来，却是重重地落在了陶玉的心里。郭玉恒和陶玉对视了几秒钟，这种心照不宣转眼间就变成了一种巨大的压力，笼罩在他们两个人的心上。

陶玉从见到薛原，听他讲完了整个事情的经过就有了这个判断：这八万块的赔偿是他们双方已经认定的，也许是对孙宝柱最后的一点儿告慰。但这对薛原来讲是不公平的。如果他们重新办理这起案件的话，孙宝柱老人没有在第一时间进行诊治、又离开了事发地并死亡，不具备任何赔付的条件。这对他来讲，算是公平吗？陶玉犹豫了，茫然了。然而，这一切都没有逃脱郭玉恒的眼睛。

他们落座的餐厅已经陆陆续续上了客人，正是午饭的点儿，不一会儿工夫等座的客人就排起队。陶玉已经两次客气地打发走了前来催促他们点菜的服务员，她不想让任何人打搅他们的谈话和思路。她更不想让任何外在的因素乱了她的心。

“这滋味，难受吧？”郭玉恒看着对面手拿牙签在餐巾纸上乱划的陶玉。

“嗯。你真懂我。其实，这是我来找你的真正原因。”陶玉低着头说。

“公平，是针对所有当事人的，每个人都有知道自己的权益和义务的权利。我们只能依靠法律，也只有依靠法律，才能做到公平。或者说是相对公平吧。”郭玉恒的这番话就像是一剂解药，让陶玉郁闷的心豁然开朗起来。

“等我一天到两天的时间，我会给你一个整个事件的明确结论。到时候怎么处理，我们再商议，好吗？”

“一天到两天？”陶玉瞪大了眼睛不解地望着郭玉恒。

“嗯，你让那个薛原也等一天到两天。”

“你要怎么做？”

“去安徽。我必须把所有的环节查清楚，才能做最后的结案。快点菜吧，吃完我们一起回队里，我去办外调的相关手续。”

餐厅服务员终于等到他们点菜了，微笑着递过菜单。

薛原等来的，果真是他最怕的结果。他想象不出这一两天之内发生的事，更不知道这一两天之后给他带来的是怎样的结果。本来八万块钱能摆平的事，现在又被颠覆到了原点。他觉得自己像是怀揣着八万块钱走到了悬崖的边上，等待他的，是更大的灾难。

郭玉恒与小丁开着警车向京津塘高速公路方向出发了。孙宝柱的家比合肥市区还要远上一百三十多里。单程算下来就将近一千二百公里，实在够他们受的。他和小丁说好，下午半天由小丁开车，他抓紧时间睡觉，然后他负责走夜路。

郭玉恒说是要睡觉，可迷迷糊糊地怎么也睡不着。他知道这两天对他们来讲时间紧任务急。他知道，陶玉一定是在急切地等着他的消息。等他回来，一定能带着一个明确的结果给她，陶玉也就能完成这件让她棘手的案子了。

北京的交通实在是令人头疼的事。他们这些交警曾私下里开玩笑说，“别再加大警力了，那只有让马路上更拥堵。根本解决不了问题。”车窗外走走停停的车辆，像是恋爱中的情人，紧贴着齐肩逛游着，哪怕心里的那团欲火燃烧着，也只能假装镇静地在高耸林立的大厦丛中挪动着。什么时候才能上了高速啊？郭玉恒心里这么盼着。小丁手疾眼快，在十字路口全是红灯的瞬间抢先绕到了主路上来，他得意地说：“谁让咱是管红绿灯的呢。”郭玉恒并没有理会，只是哈哈地笑着说：“谁说不是啊。”他从倒视镜里往后看去，他们超过的车已被远远地甩在了后面。

郭玉恒闭着眼睛想赶快让自己睡一会儿，可满脑子全是陶玉跟他说的这个案子，再后来就全是陶玉这个人了。

认识陶玉的这段日子以来，郭玉恒觉得自己越来越想了解她、接近她。他表面上没有表现出来，但自己心里是怎么想的，他还是很清楚的。多年来，他不知道是不是因为自己的职业，或者说是自己身上的这身警服，压抑了他对女人的那种最正常的遐想。他觉得，自己如果想女人，似乎就有了一种罪恶感。哪怕是像普通男人那样，多瞄上几眼漂亮女人他都要自觉不自觉地控制一下。即便是离婚以后，只有想他的前妻，才让他没有这种负罪感。他周围的坏小子们经常拿他开玩笑，说他要是不当警察，就不会枉费了他这标准的美男资格，估计他就不会每天游走在“红绿灯的区域”，而是“红灯区”了。

郭玉恒一直对街坊邻居给他介绍的对象提不起精神，甚至是排斥。他想象不出来，两个不认识的男女，要耗费多少时间、做怎样的沟通才能走到一起。他的生活好像除了工作就是工作，他不知道该用一种什么样的方法，才能让对方走进他的生活。他也不愿意把他脑子里的那些案件、处理事故的方案无形中带进别人的生活。那样的话，他们岂不是很难找到交集。难道他有情感恐惧症？还是他天生对女人有抵触，没有兴趣？才不是。郭玉恒知道自己应该属于那种闷骚型男人。哪怕有再心怡的女人站在他的面前，他也只会在心里默默地想，或是想象，再或就是想念。陶玉就是被他划进了这个圈里的为数不多的女人。

他并不想了解陶玉的以前，他只知道陶玉目前是单身就足够了，他兴许有机会。他也不愿意去想陶玉是否有男朋友，也可以说是担心知道结果。上次在单位附近的酸奶铺门口碰到的那个男人也许和陶玉有点儿什么关系吧？他还记得那个人，看起来很沉稳，外表气质也算是很出众，跟陶玉站在一起真的很般配。他只是隔着车窗看了那么一眼，就让他的心情郁闷了整整一个下午。好在没有人看得出他的心思。

郭玉恒有一种自信，就是不管陶玉和谁在一起，谁也比不了他在工作上和她的那种沟通和默契。就冲这一点，他就越发喜欢他的这份工作，还有他身上的这身警服。算是近水楼台吗？政委跟他谈过，下半年他可能要被作为重点培养的优秀警员，上调到支队工作了。他并不开心。现在他承认那个无人知晓的答案了：他不想离开陶玉。

小丁的驾驶技术堪称是一流，快速平稳。即便这样，也很难让郭玉恒尽早睡去。

要是放在平时，哪怕是一个星期，陶玉也会觉得一转眼就过去了。而这两天却是这么漫长，难熬。自打看着郭玉恒和小丁的车开出了交通队的大院，陶玉就开始了那份惦记。整个下午一直到下班，她都没有什么心情。对于薛原的案子她不可能再多说一句话，只有等着两天后的结果。可这两天里，郭玉恒他们会是怎样？他们都会做些什么？会有怎样的一个结果？陶玉人憋在这个调解室里，可任凭她的思绪追随着郭玉恒。她整个下午总会不由自主地看表，似乎那时针可以丈量出郭玉恒所走的路程。

陶玉今天的晚饭破了例——从超市买了两个熟食和一个凉拌菜。她还买了啤酒。往常下班回来，她会在洗澡的时候就熬上些粥，等自己从浴室出来，再往粥锅里放些新鲜翠绿的蔬菜沫、胡椒粉和盐。这基本上就是她的晚饭了。之后的水果当然不会缺。她不是觉得累、懒得弄，她认为晚餐这样吃健康。

今天她却很想喝酒。

郭玉恒他们一定还飞驰在路上，晚饭也许只是在高速公路的休息区简单地垫巴了几口。陶玉真想能陪着他去，即便帮不上什么，起码和他说说话，能让这漫长、枯燥、乏味的行程变得轻松些。

陶玉打开房间里各个角落的灯，像是怕屋子里暗下来就会过早地招来困意。她并不觉得饿，但今天这酒她还是要喝，不知算不算她给自己定下的任务。

陶玉独自一人，很正式地坐在餐桌前，像喝白酒那样，一小口一小口地抿着啤酒。虽说临近五月的天气还没有达到让人燥热的程度，她还是在结账之前，把购物车里选好的啤酒，又去旁边的冷藏柜里换成了凉的。上次跟郭玉恒在火锅店喝的啤酒那才叫一个凉，那会儿天还冷呢，他们还是那么大口大口地痛快地喝着。当然，吃着火锅，不觉得凉。

整间屋子里明亮却安静得不行。她平时回家，愿意打开音响，播到调频 103.9 的交通台收听路况信息。哪怕是她洗澡做饭的时候，她也愿意让主持人在那里不停地说着，时不时地插播几首歌曲。即便是再拥堵的路况跟她已经没有关系了，但她还是习惯了进门就收听这个台。为的是让清静了一天的房间有些响动。今天，这一切平时再循规蹈矩不过的习惯都停止了：“要是交通台里有全国各高速公路的路况，那听听还差不多。”她这么想着，自己也乐了。

陶玉就这么安静地喝着酒，安静地想着高速路上的郭玉恒，算是很安静地陪着他……

第十八章

死亡结果出来了

这两天，老朴总是不停地给陶玉打电话，似乎总想和她说点儿什么，却是欲言又止。最后总是落到有关他们的出游安排上，翻来覆去那几点：问陶玉坐头班飞机可不可以？选座位是要靠窗户还是通道？再有就是问陶玉有没有拉杆箱？要不要他去买一个回来？陶玉觉得老朴的举动有点儿幼稚又很可爱，就像小时候要去春游，心里早就揣进了两只小兔子的模样。“离五一还有几天呢，现在就开始得瑟上了。”陶玉在心里笑话着他。

老朴却盘算着，有些话到底是出游之前和陶玉说，还是回来再说。他拿不准。之前说？也许陶玉就彻底轻松了，和他在一起出游时会全心全意。回来再说？他又怕让他们这次远行的余味也荡然无存。他的这份纠结，完全是因为昨天……

老朴没有想到，马律师亲自给他来了电话，请他一定在百忙中去一趟事务所，有要事和他面谈。老朴推测：看来的确是要事了。否则，马律师不会亲自出马。

他跟马律师仅是一面之交，还是象征性的。这个合作毕竟都是高强在牵头，他也不好越过高强直接和马律师联系，那样的话不合规矩。关键是老朴没把这个合作当回事。他犯不着过多地耽误时间。今天是躲不过去了。

老朴的车还没停稳，就看见高强满面笑容地迎了过来，像是在恭候大领导莅临。

“还弄得这么隆重干吗？”老朴开着高强的玩笑。

“必须的呀！”高强大声应和着。老朴觉得他的热情有点儿牵强。

马律师破天荒，亲自给老朴做了一次忠诚律师事务所的引导员。他带着老朴在事务所的各个部门巡视了一圈，高强就像个小衙役，在后面紧随着。他们再次回到马律师的办公室时，马律师对一旁的高强说：“高律师，那你去忙吧。”高强就这么被客气地打发了出去。

老朴端坐在沙发上，那种谈判桌上才出现的状态，一下子溢了出来。马律师从他的办公桌的抽屉里，拿出一盒新的中华香烟并打开。他一边给老朴敬烟，一边顺势也坐到了沙发上。

“我这里跟您的办公条件没法比呀，您的生意做得大，我们是小本买卖，让您见笑了。”老朴随着马律师的话，又环视了一下他的办公室。近乎占了一面墙的书柜，实在是惹人眼。书柜里除了各类法律相关的书籍就是生意宝典、厚黑学之类的，再有就是一个个档案卷宗盒。看来，马律师业务上的专业和生意上的精明是打这来的。

“您太客气了吧?”老朴接过马律师递过来的香烟，往前欠了欠身，在茶几的玻璃板上磕了磕香烟过滤嘴，又迎上他递上来的火，点上烟吸着，同时寒暄着。

“真不是跟您客气，我们的生意确实不太好，但没有个像样的门面又不行。我这是强弩着呀。”马律师知道，他就要把今天的主要话题引出来了。他观察着对面的老朴，揣测着，该怎么自然地过度。

“老哥，不瞒您，今天请您过来，是想跟您谈谈我的想法，关于咱们之前的调解室的合作，不怕您笑话啊，我实在是扛不住了。”马律师的话说得很自谦，但从外表看上去，他更像一个善于统筹作战的智者那样自信。

“效益不好吗?”老朴假装不知情，故意避开他和高强的几次谈话所涉及的事务所的情况。

“是啊，没想到效果不理想。我们光投入资金也就算了，关键是我们的人手也不够。现在事务所其他的诉讼案子越来越多了，我是顾得了这头，顾不了那头啊。”马律师不愧也是在商场打拼过多年的行家，话里话外的信息，真真假假，虚虚实实。既有谦虚的成分，他又给自己留足了面子。

“那就撤了呗。扛着它干吗呀。”老朴的回答很是直接，这让马律师没想到。

“所以今天请您过来商量一下啊，看看您有没有什么想法。”

老朴不动声色地仔细听着马律师说的每一句话。他心里明白，“看看您有没有什么想法”这句话指的应该是对于陶玉的处理和安排。

“我能有什么想法？你们的事，不用征求我的意见。”老朴回答马律师的问话几乎是脱口而出、不假思索地。但他知道，他口没对着心。

“那不行不行，毕竟这件事您在其中起了关键作用啊。又搭关系又找人的，我不能那么做的。”马律师的话有弦外之音，老朴不傻，全收在耳朵里了。

“这点事对于我来说，太不算个事了。你想怎么办就怎么办吧。我的意见不重要。以后我们有机会，还能合作呢。”老朴在回答马律师的同时，已经开始想陶玉了。真的撤了这个点儿，那陶玉该怎么办？他该怎么跟陶玉说？陶玉是那么专注于这份工作，她会是什么反应？

“您真爽快，我就爱跟您这样的人打交道，看来我们都是直率的人。哈哈。”马律师像是突然间找到了一个难得一遇的知音。他的笑声是那么爽朗，让老朴觉得有刻意的成分。

“我看你也是个务实的人，这么说来，咱俩还真是投脾气。”老朴也一脸的诚恳，直视着马律师，应着话。屋里的气氛就这么被老朴和马律师一直控制得很和谐。

“老哥，话都说到这份了，我也想问问您，我要是撤了，您考不考虑全权接过去啊？”

老朴终于知道了今天要谈的“要事”是什么了。

“我接？我怎么接啊？我接它干吗呀？”老朴端起眼前的茶杯，喝了一口水。然后放下，他想着马律师的建议。

“我是说，调解室也干了这么长时间了，在队里的声誉那是没的说，几个调解员都相当能干。我是觉得您毕竟搭了支队的关系，怕这么撤了，您不好交代，我是为您着想啊。我实在是忙不开了，要不，我也不撤。”马律师把这些话说得那么可人心缝儿，他好像不光是顾及了老朴，还顾及了他的朋友。

没等老朴反应，他接着说道：“毕竟我拿这个批件，也是花了费用的，如果您接过去，我就不和您计较这些了。全当是公益了。但这个项目还不是随便一个人、一个公司就有资格做的，不对口啊。所以，您要是接，也只能是挂靠在我这个事务所，我们只是象征性地收点儿代理费，凭您的关系和精明，其实，这里运作的空间还是很大的。”马律师和老朴打着太极。

“这算盘打得是多么的如意啊！”老朴心里骂着，也佩服着。

留着这个项目，那陶玉就会一如既往地高兴着，充实着。这是老朴乐意看到的。对章占军那里，也不会引起什么风吹草动。可每个月的这笔投入对老朴来说，却是没有回报的。他总不能无止境地花钱，听不见响儿吧。“傻子才会这么干。”老朴瞬间就作出了决定。

“您多虑了。我朋友那里，你大可不必去想那么多，如果有麻烦，那还算是朋友吗？我当初也是想给高强、给你们帮个忙，牵个线，谁让他求到我了呢。朋友嘛。我可没那闲心和工夫干这个事。”老朴把话不软不硬地甩了出去，再一次占了谈话的上风。

“那好，那好。我也就是这么一提。我确实是考虑到您这边了，您要是觉得我们这么决定没问题，那我在五一节过后可就撤了啊？”马律师尴尬地说着，脸上一直挂着的笑容，显得有些僵硬。

“您按您的计划走。”老朴紧跟着马律师的话茬儿一刻也不放松。他看着马律师那失落的样子，心里暗笑着，“算盘珠子撒了一地呀！”老朴好像真听见了“噼里啪啦”的声音。

老朴觉得，还是等他和陶玉从新疆旅游回来再跟她把事情摊牌，现在他只希望这个长假快点儿到，更希望这几天高强他们先别有什么动作。

陶玉从来没有盼着谁的电话像现在这样期待着郭玉恒能打过来。今天是第三天，如果事情顺利的话，他们现在应该在回来的路上了。一切都该有个结果了，怎么就不能打个电话回来呢？“当然不能。按照公干的程序，郭玉恒只能先回来向队里作了汇报才能通知到她。哪有先给她通报的道理。”陶玉为自己这个幼稚的想法感到不好意思。“你以为你是谁？”她觉得自己既小气，又傻气。

“咱这要是没有人来咨询，还真显得有点儿冷清了。”乔桥低头忙着整理这个月的调解卷宗，还不忘跟陶玉聊天。“这个佳佳同学也不知道忙什么呢？她不来，我都觉得有点儿不适应。”他把卷宗的编号又重新审核了一遍，在他每月案件的统计表里，填写着新数字。

“她招待老家来的客人呢。人家佳佳可没有你轻松，她一个小姑娘只身在北京，什么不都得自己应付呀。哪像你们这些北京的八零后，不管怎样，守着家，进门就吃现成的，抬腿就能出去疯，结婚不结婚的都有地方住。多幸福啊！”

“我的亲姐呀，您这话狭隘了。您以为这是我们的福气吗？我们这是用自己的尊严，跟父母那换来的呀！”乔桥瞪大了眼睛往陶玉这边看着，大声地驳斥着陶玉的话。

“我有我的难呀！别人替代不了。这些辛苦，谁知道啊！”乔桥将双臂举过头顶，使劲儿向后伸展，像是坐在椅子上就要把身上所有的筋抻开。随后，乔桥站起身来，在凌乱的桌子上翻找着香烟，从烟盒里抽出一支，拿上打火机到院里抽烟。

“又抽又抽，你这小子一天一盒打不住吧？”陶玉瞥了一眼乔桥，说着。

连半根烟的工夫都没有，乔桥猛地推开门，拿着烟的右手特意留在门外，探进头对陶玉喊，“陶姐，郭帅回来了。”

“是吗？进院了？你看见了？”陶玉迅速地放下正在看的《民事诉讼法》，“嗖”地站起身，快步向门口走去。

郭玉恒他们的车像是被风卷着，驶进院子，带着一股呛鼻子的土味。在城市估计很难见到这么脏的警车。本来白色的车身变成了土黄色，蓝色的“警车”字样也像是被蒙着一层黄色的纱，四个车轱辘更是被厚厚的黄泥包裹着，已经看不清车胎上的纹路。院里没有其他的车辆，他们的车子停在那里显得格外扎眼，倒是跟院子里的土地拉成了一个色调。

郭玉恒从驾驶座下来，第一时间就往调解室这边观望。就像他料想的那样，陶玉已经站在门口，看着他。

陶玉没和郭玉恒打招呼，连一句“回来了，辛苦了”都没有。她就这么站着，看着郭玉恒从车上下来，看着他戴好警帽，又关上车门。

“回来了，还真够快的。”从办公楼里出来的警员看到小丁，大声地和他打着招呼。

“紧着赶。”小丁匆忙地应着，着急地一溜儿小跑，直奔了厕所。

郭玉恒跟陶玉对望了一眼，只说了一句“一会儿找你”，就三步并作两步地进了办公楼。

陶玉不知道事情办得是顺利还是又有了节外生枝，她从郭玉恒的脸上看不出任何答案。“多说一句能怎样！”陶玉心里有一些抱怨。“两天都这么一分一秒地等了，不在这一会儿。”她宽慰着自己，转身回了屋。

陶玉坐回到办公桌前，心里开始七上八下地不安分起来。她看了看表，差五分钟十一点，郭玉恒应该是找队领导去汇报了。队长和政委应该在，一上午没见他们出去过，那郭玉恒这会儿就能找到他们。一路上他和小丁肯定是很辛苦，他们会不会汇报完了接着去洗个澡，稍作休整？那样的话，又该到了吃午饭的时间。看来，郭玉恒只有下午才能找她了……陶玉胡乱地想着，不着边际地推测着郭玉恒接下来的安排。

郭玉恒一步三个台阶地上了楼，直奔队长的办公室。肖娜正从事故二组的办公室出来，和他撞了个正着。

“回来了郭帅，进咱办公室了吗?”肖娜欣喜地看着郭玉恒，瞬间就把他从上到下地打量了一遍。

郭玉恒放慢了脚步，并没有完全停下。“等会儿回去，这两天没事吧?”说话的当，郭玉恒已经走过肖娜的身边，只是回着头和肖娜说话。

肖娜想象不出，郭玉恒怎么会着急成这样，在后面大声说：“别的倒没什么，就是司徒鹤的案子有点儿情况，一会儿你回办公室我再和你说吧。”

“行，待会儿说。”郭玉恒伸手去敲队长办公室的门。

快十二点了，陶玉收到郭玉恒的短信。“得耽误你吃午饭了，马上下去找你。”

乔桥早就出去吃饭了，陶玉一点儿都没觉得饿，独自留在调解室。还好，她终于等到了郭玉恒，她现在只想尽快知道他带回来的结果。

陶玉站起身，把调解室的门敞开，等着郭玉恒来。她拉开办公桌最下面的抽屉，拿了一袋速溶咖啡倒在纸杯里，又拿着纸杯走到饮水机旁站下来，向对面的办公楼张望。郭玉恒大步流星地从楼里出来，直奔她这里。陶玉这才按下饮水机的热水开关，把咖啡冲上。

“等着急了吧?”郭玉恒顺手拉过一把椅子，坐在陶玉的办公桌前。陶玉把咖啡递了过去，这才在他对面坐下。

郭玉恒说话的声音依然洪亮，看上去精力也很充沛的样子，可那份疲倦还是被他那带有血丝的眼睛出卖了。胡子也没有刮。就这短短的两天，陶玉觉得他显老了。

“瞧你这样啊!”陶玉看着郭玉恒的样子，觉得有些心疼，但她又不知道该怎么问候郭玉恒。她觉得如果这会儿说“辛苦了”，那简直就是废话。

“还行，就是困。有结果了，你下午就可以通知那个叫薛原的。”

陶玉一直期待的结果终于等到了。可她望着眼前的郭玉恒，却显得不那么着急了。郭玉恒想大口喝咖啡，却因为太烫，只好不停地在纸杯边上吹着气。

“孙宝柱的确已经死亡。”他还是喝了一口很烫的咖啡，不由得皱了皱眉，吐了下舌头，把杯子放下，紧接着对陶玉说，“死亡时间是他们出交通事故的第二天，也就是周五的晚上。”

“周五的晚上？那就是说，他们连夜就回了老家？”陶玉回忆着薛原给她说的事情经过，分析着。

“是的，老人在车上就不行了，被他儿子直接拉到他们县医院去的。”

“怎么一下子就这么厉害了？”陶玉不解。薛原在出了事故以后还一直想带老人去医院检查，他那会儿说没事，头脑也很清醒，怎么隔了一夜就不行了呢？

“死亡原因是中毒身亡。”

“什么？中毒身亡？我的天哪！”陶玉的眼睛睁得溜圆，惊讶得眼珠子就像是要掉出来。她简直不敢相信自己的耳朵，这个结果是她万万没有想到的。

“千真万确。而且他是在出交通事故的当天早上服的农药，第二天真正发作了。农药是他从老家带到北京的。他早就想这么做了。”

“这到底是为什么呀？”陶玉的语调里，充满了惋惜……

孙宝柱半年前就来到了北京，一直租住着五环外的一间临建房。起初他身上还有些钱，到后来几乎是靠拾荒度日。老人有三个儿子，一个女儿。老伴离开人世已经十五年了，他一个人把孩子们拉扯大，并给他们盖了房子，置办了嫁妆，让他们该结婚的结婚，该出嫁的出嫁。他总算完成了老伴临终前对他的托付。老人自己还有两间老房子，正好赶上了拆迁，谁曾想所有的孩子都奔了回来，要来分老人的房子，为的是得到拆迁款，却没有一个人愿意收留老人。因为兄妹几个互不相让，已经相互动手打过几次架了，在村子里也是弄得沸沸扬扬。老人一是觉得寒心，二是觉得在村子里没有脸面，这才来到了北京。老人来北京近半年，没有一个孩子过来看过他，这次一下子来了四个，是因为拆迁迫在眉睫，必须让老人签字画押了，他们这才追到北京要接老人回去。又赶上孙宝柱的老伴离世十五周年的忌日，老人想不开，走上了绝路。

“这都是一群什么混蛋孩子啊！”陶玉越听越生气，破口骂了起来。

“唉，谁说不是啊。可惜，已经晚了。人还是没抢救过来。”郭玉恒跟陶玉一五一十地叙述着他了解的事情原委，自己也像是卸下了心头的一块大石头，觉得这个案子该有个眉目了。

“事情的经过就是这样，死亡证明我拿回来了复印件，还有一些当地派出所和医院出具的证明材料，我就不给你看了，交到队上了。剩下的，该是你的工作了。我的任务完成了，可以回家睡觉了，这几天都忘了枕枕头的滋味了。”

郭玉恒终于觉得累了。但他还不想立刻就走，一下子放松了，人就像散了架一样实在懒得动弹，头也有些蒙。陶玉又拿起他的水杯，想给他再兑些开水。她也是想让郭玉恒歇歇再走，或者应该请他去吃顿好的。

“你说，那他们还敢跟薛原要八万块钱的赔偿？他们就不怕薛原跟回去看到死亡证明啊？”陶玉说话的当，再次把接好的水放在郭玉恒的面前，突然想起自己的包里还有巧克力，急忙拿出来，剥开，递了过去。

“我都没刷牙。那也吃一块吧，现在觉得有点儿饿了。”郭玉恒毫不客气，伸手接过巧克力，大口嚼着。陶玉赶紧剥好了第二块，等着，他又拿了过去放进嘴里，像是要拿它当饭吃。

“要不说薛原傻呢！一听说人死了，估计给吓得够呛。那帮孙子也是炸呢，想着最后了，能捞点儿是点儿，他们料定了薛原不敢跟他们回去。薛原的钱没给他们吧？”

“没有，薛原昨天来电话还问呢，说昨天他们就没再给他打电话催钱的事了。”

“他们还催什么呀！昨天，他们应该都回去了。我们一到，他们家人还不明白怎么回事啊！不过，后面的事，跟咱们没关系了。我和小丁也用不着等他们。你告诉薛原一声，他身份证的事交给当地派出所了。他们负责给要回来。”

郭玉恒站起身来，使劲儿伸了伸腰，像是要把这几天的疲劳从身体里拔出去。陶玉说要请他吃饭，他笑了笑，对陶玉说：“你不怕我这么脏，跟你去吃饭给你丢人啊。”“去吧你，越来越贫了。”陶玉嗔怪着，也和郭玉恒开着玩笑。

“哦，还有一件事我得告诉你。关于司徒鹤他们的案子，你这不用管了。严格地说，咱队里都不用管了，苦主的家属……”

“张爱霞。”

“对，张爱霞的家属，打到司徒鹤跟张志的家去了，两家都报警了，现在归派出所管了，估计只有走诉讼了，到时候需要咱队里出具什么证明再说吧。”

“唉。瞧瞧这俩案子啊！这都叫什么事啊！”陶玉没想到，这一个接一个的案子，会是这样的结果。

“走了，走了。我得先洗车去，然后回家睡觉。我现在可就算是下班了，求您没大事别给我打电话了，让我好好睡一觉。困。”

“我偏在你睡着了的时候打电话骚扰你。不信，你等着啊！”陶玉嬉笑着，往门口送着郭玉恒。

“我等着，哈哈哈。”郭玉恒大笑着走出了调解室，没和陶玉说再见，也没再回头，只把背影留给了陶玉。

第十九章

传说中的表哥

何佳佳没有听从高强的安排，去事务所和他见面。既然已经跟高强正式提出了辞职，何必再去他们那里呢。说实话，他们那个坐落在 CBD 高档商区的办公环境，让何佳佳总觉得冷冰冰的，就连人的面色都有着钢筋水泥般的灰色，有时候甚至觉得阴气、瘆人。从这点看，她还是更喜欢那有点儿破、办公条件也很简陋的调解室。平房有平房的好处。打开门，似乎春天阳光的味道就会被一阵小风吹进来，充盈着整个房间。即便是关上门，阳光一样可以从宽敞的窗子照射进来，正好洒落在她坐的位置。这让她在冬天的时候很是喜欢。她的办公桌以及桌子上的物品，似乎总是带有温度，特别是她坐的那把跟办公桌根本不配套的过时的旧椅子，椅子面上仿皮革的部分总是被太阳晒得软软的，很有弹性。何佳佳还曾想，等到了夏天，她要给她的座椅配上一个小凉席，甚至她还考虑过要和乔桥调换座位。现在看来，这一切都不需要了。她辞职了。就在昨天上午，她接到了“康世辉装饰建材有限公司”的通知，告知她通过文秘一职的聘用考核了。她第一时间就给高强打了电话。让她没有想到的是，高强并没有挽留她，连一点儿挽留的意思都没有。这让她有点儿伤自尊。

新的公司何佳佳很满意。有独立的办公楼，有零售的卖场，还有在郊区的库房。除了办公大楼，何佳佳不必出入另外那些地方。她的工作就是坐在四季恒温的办公室里，完成老板交代的日常事务。最关键的是她的薪金待遇，可心！即便是试用期，也比现在拿得多，拿得痛快，拿得踏实。哪怕这家公司就连一块木地板也卖不出去，也跟她何佳佳没关系。她的薪酬是固定的，跟销售业绩无关。何佳佳在北京可以没有固定的住房、没有固定的朋友，但她必须有固定的收入才行，毕竟她靠透支信用卡过日子已经有近半年的时间了，哪怕是每月只还上最低还款额度，那也得有钱还哪。这种焦虑就像是一种暗发在身体里的慢性炎症，已经跟了她很长时间。直到昨天，她才觉得自己看到了希望。她喜欢的香奈儿书包、迪奥口红、费列罗巧克力，还有那些隔三差五上映的大片，这些都离她越来越近了，只要她离开那个京中交通队的调解室。

高强答应了何佳佳的辞职，并同意和她见面，把最后一个月的工资给她。何佳佳不想到事务所来，高强也没再提议去某个餐厅或咖啡厅。事已至此，他没有再多花一分钱的必要。他和何佳佳约好了，在望京附近的家乐福超市门口见面，他正好要去那边的一个当事人家里取资料，离何佳佳也不算太远。他提前十分钟就到了约定地点，而何佳佳已经站在超市门口不远的报亭下等他了。

四月底的北京并不是很热，可何佳佳已经穿上了一身飘逸的、碎花图案的薄长裙，外边套了一件杏黄色短款、休闲样式的羊毛开衫，皮鞋、裙子还有书包属同一个色系，这让何佳佳看上去相当的优雅而且出众，惹得旁边经过的人都会不经意地留意她一下。她看见高强的车慢慢离近了，欢喜地迎了上去。

何佳佳坐上车，一股淡淡的清香随着她的长发也飘进了车里。“人逢喜事精神爽啊！找到好东家了吧?”高强和她打趣道。

何佳佳长得很漂亮，白皙的皮肤，那是南方美女的典型特征。标准的瓜子脸，小巧性感的嘴唇，配上那双水灵灵的大眼睛实在是招人喜爱。特别是她那长而上翘的眼睫毛，总会随着她柔细的嗓音说话时不停地忽闪着。陶玉曾和她开玩笑，说她的眼睫毛真的能落小鸟。高强再一次近距离地看着何佳佳，望着眼前这么精致的一张脸，他好生纳闷：怎么找她调解的人就没有陶玉多呢?

对于何佳佳，高强的心里还是觉得有些歉疚。毕竟一个小姑娘在北京不容易，他也算是几年前才正式落户北京的异乡客，那种滋味他感同身受。他跟马律师建议，最后一个月的基本工资照发给何佳佳。虽然她请了假，并且后面几天也不会再上班，但还是全额给了她。他能为何佳佳做的，也就这些了。

高强从驾驶座上方的遮阳板里抽出来一个牛皮纸信封，“虽然你请假了，可还是给了你全额的基本工资。”高强把瘪沓沓的信封递给了何佳佳并解释着，不好意思再看她。平时给他们发工资都是由财务直接打到卡里的，高强没有过这种难为情。他希望何佳佳此时别笑话他、记恨他，能理解他。他已经尽力了。

“虽说这是我最后一次拿这么少的工资了，还是要谢谢你。”何佳佳倒也痛快，接过牛皮纸信封，抽出里面薄薄的一打钱，又往信封里看了看，确信全部抽出来了，快速地数着。随后她拉开书包的拉链，把钱装了进去，把那个空了的牛皮纸信封留在了高强的车上。

“不是你最后一次拿工资，是所有人都是最后了。”高强想，既然撤销调解室已经成定局，何况以后也见不到何佳佳了，不妨和她念叨念叨，也算是舒缓一下他最近的压抑情绪。

“调解室撤了。”

“撤了？什么时候？那儿还有我的东西呢。”何佳佳被这个消息着实吓了一跳。

“就这几天，过了节就腾空，已经决定了。你还可以回去拿东西，他们俩还在。”高强从前挡风玻璃向外边望去，“撤了好，我也能舒口气了。太累！”

“谁不累啊！你要是换作我，不更觉得累？那也得生活呀。”何佳佳反倒安慰起高强来。

“我是男人，不累不行啊！老婆孩子得吃、喝、过日子。你就不同了，女人找个好老公，就省了一大半的心，事业也算完成了一大半。你看人家陶玉不就是这样。”

何佳佳本打算见过高强，拿了钱就走的，她还要去做个美容。明天去新公司，她要以更姣好的姿态示人。现在，她倒不知不觉地和高强聊起天了。

“陶玉姐没成家呀。”何佳佳像大多数女人一样，喜欢聊认识或不认识的人的八卦。

“没家还不能有对她好的吗?”高强一直不能确定老朴就是陶玉的男朋友，“有句话，今天终于可以和你说了，也许能让你心理平衡些——就是你们的基本工资是一样的，都这么多。只是各自的提成方法不一样。陶玉那比基本工资还高的提成，就是那个姓朴的男人出的。人家不图别的，只图她高兴。”

“陶玉姐这是什么命呀！居然碰到了这么上赶着讨她高兴的人。直接给她钱好不好啊！”何佳佳的话音里充满了羡慕和嫉妒。要说还有恨，那就是恨她自己没陶玉这样的福气了。

“那乔桥呢？你别告诉我，乔桥也有个款姐给他买单吧?”何佳佳的脸色有点儿不好看了，她很怕听到高强肯定的答案。要真是那样的话，如花似玉的她可真得找个地缝钻进去了。

“那个不值得一提。浪荡公子一个。看他每天不学无术的样，没多大出息，混日子呗。”高强眼里的事业男起码要像他这样，终日里风风火火，忙忙碌碌，时刻保持着发现商机的敏锐度和亢奋点。

高强的这番话，让何佳佳心里舒服多了。但她心里还是在纠结着，“陶玉怎么这么好命呀!”

“好了，妹妹，希望你今后一切都好。不管怎样，咱们都还算是朋友，以后有什么用得着哥哥的地方就说话。”高强是真心地希望何佳佳好。

“嗯，谢谢。不过，真不希望有什么事能麻烦到你。可别盼着我打官司啊！哈哈哈。”何佳佳的话还没有说完就拉开车门下了车，她的笑声也仅留在车里一半。

陶玉还是在郭玉恒回来的那天下午，就打电话告知了薛原事情的结果——他不用履行赔偿。她想象得出来，薛原该是多么庆幸。但她心里，一直对孙宝柱的死抱有惋惜。现在，别说是不存在薛原那八万块钱的赔偿，就是给他八十万，也无济于事了。“可怜的老人，在那边应该不会有痛苦，当然也不会有交通事故这类的事情了。”陶玉为老人祈福。

陶玉没有想到，薛原居然像换了一个人，又出现在她的面前，身后还跟着他的表哥。

这位曾经一度给薛原造成心理压力的“传说中的表哥”，看上去倒是个场面人。三十开外的模样，高高的个头，魁梧的身板，表哥就连进门也像是能“刷刷”地带着风。薛原跟他比起来，真就像个涉世未深的孩子。捯饬得干净利索的薛原除了给他们相互作了引见，索性躲在了他表哥的身后不再吭声了。薛原这段时间以来那满脸的愁容，今天没有了一点儿痕迹，有的只是大男孩儿的那种腼腆。

“陶女士，您把事情处理得这么清楚，真是太感谢了。谢谢您的认真和热情，也替我们谢谢交通队的警官。我们今天来，是特意向你们道谢的。我表弟把一切都告诉我了。我实在是不知道该怎么表示好，特意给您做了一面锦旗，请您收下。”“传说中的表哥”示意身后的薛原把锦旗拿出来，展开。薛原把大红色的锦旗举到下巴的位置，垂展着，锦旗边沿的黄穗儿几乎落到了地面。“恪守本职，真心为民”几个烫金的大字，足以让这间不大的调解室蓬荜生辉。陶玉像是被面前红艳艳的锦旗映的，脸一下子红了。

乔桥在一旁看着这一切，雀跃地把锦旗接了过去，像是不认识上面的字，看了一遍又一遍。不等薛原和他表哥走，他就跑去传达室，找看门的大爷借锤子、要钉子。他要赶紧把这锦旗挂起来。

“我们还有一件事，想麻烦您。”

“传说中的表哥”从上衣夹克的内兜掏出一个白纸包递给陶玉。陶玉犹豫着没接，不解地看着眼前的男人。

“这是一万块钱，我们想麻烦您转交给孙宝柱老人的家属。关于他家里的一些情况，我也听我表弟说了一点儿。不去管那些了！总之，不管是孽、是缘，我们也算是和这个老人有了这么个‘份’吧。麻烦您再转告一声，这钱，就当是给老人修修坟、烧点儿纸吧。”“传说中的表哥”恳切地望着陶玉，他的举动让陶玉有些措手不及。

“这忙我可真帮不了您。您还是拿回去吧。”

“我不是说了嘛，就当我求您再帮我个忙。虽然这件事，我们不具有赔偿义务和责任了，但我们还是觉得应该出，毕竟在事故认定书上写着我们是次责。”

陶玉实在是想不通这位“传说中的表哥”为什么要这样做。难道是钱多，烧的不成?

“我刚才说了，不管是孽、是缘，我们可能是老人家在世上最后的这个‘份’了。再有……”他停顿了一下，“我，有点儿迷信……”

陶玉实在是不知道该怎么推辞这件事，她很是为难，却又拗不过。她答应先把这钱交到队里，看看队里有没有能力帮上他这个忙。如果做不到，她会打电话通知他，让他再把钱取走。陶玉拿出笔和纸，让“传说中的表哥”留下了他的联系方式。

乔桥着实地被这面锦旗和装有一万块钱的白纸包给惊着了。他看着同样发愣的陶玉问道:“陶玉姐，您说，这是为什么呀?”

陶玉抬起头，用疑惑的眼神和乔桥对视着，反问着他:“为了图个心安?”

第二十章

鬼使神差的错误

眼看就要过五一长假了，北京城显得越发热闹。人们忙着安排出游，忙着借过节的由头请客送礼，忙着消费。老朴和陶玉的出游早已被他安排得周密详细。甚至连过节这几天新疆的天气情况他都有了数，并建议了陶玉应该带哪些衣服。走之前，他还要跟章占军见个面。一是过节他要外出，不能照惯例去看望占军的老母亲，老朴只好预定些海鲜要抓紧给他送去，让他带给老人。再有，就是他要跟章占军说说撤销调解室的事。

章占军开着自己的现代车来到和老朴约定的停车场见面。这里离他的单位不算太远。老朴说为了给他避嫌，不想去占军的单位。

老朴把装有海鲜的冰鲜盒挪到了占军的后备箱，然后两个人站在车旁边抽着烟，老朴跟他谈调解室的事。

“好好的，怎么就撤了?”章占军虽然知道老朴告知他这个结果，一定有他的理由，但还是有些不解和遗憾。

“说实话，这个调解室的工作下面的反应挺不错的，我还想下半年把它作为我们警民合作的先进模式推广呢。毕竟，他们从调解的角度和办案时间上，弥补了我们警队工作上的不足。唉，撤就撤吧。回头我和下面打声招呼，你们把该交接的工作做好吧。”

“得，能得到您的肯定，也算这段时间没白忙乎。”老朴知道，他和占军的谈话时间也就这一根烟的工夫，他没法和他细谈。好在占军对他是了解的，既然他已经这么决定了，也就不用再多说什么了。

章占军加快速度，大口吸完手中的香烟，踩灭了烟头，匆匆和老朴道别，“就这样吧，走了。就是这个京中大队出了点儿事，报上来了，我得赶紧回去处理。真挠头。”

“啥事啊，这么着急?”

“别提了，警员违法了呗。唉，可惜了。我得赶紧走了。”章占军拉开车门上了车，只听见老朴还在身后嘱咐着他，赶紧给老人把海鲜送过去。

越是过节，警队的工作越是显得紧张。陶玉已经几天没看见郭玉恒露面了。她还是那天把薛原的一万块钱送到队里的时候，听肖娜说，郭玉恒歇假了。“大家都忙着，他这家伙倒挺美的，还歇假了。”她这么想着郭玉恒。

今天乔桥没来上班，打电话过来，说事务所叫他过去一趟。好在一上午没什么事。陶玉难得一人在调解室清闲着。马上就要和老朴去新疆了，她好像还没有进入状态，既没有出游前的兴奋，倒也没有什么不情愿。她心里还是很感谢老朴为她安排的这一切。至于她和老朴的关系，会不会从新疆回来有更进一步的发展，陶玉现在不想有太多的想象。“顺其自然吧。”这对陶玉来说，已经是一个不小的进步了，起码她没想再拒绝老朴。

她打开电脑，想在网上了解一下有关新疆的旅游景点。一条醒目的标题让她愣住了，“京中大队警员知法犯法，处理结果网民拭目以待”。这条新闻标题，就像是带着刺的狼牙棒直杵着陶玉的眼睛，像是把她的眼球钉得不能转动。来队里工作了这么久，她早已把京中大队当作了自己家，她的心思也早已和队里的所有人和事紧联系在一起了。陶玉的心不由自主地紧张起来，乱跳起来。她把标题一口气连看了几遍，多么希望是她太在意这个单位，把“京中大队”几个字看错了呀。她怯生生地点开标题，通读了内容，一种不祥的征兆涌上了她的心。

事发的时间、地点以及案情描述，让她觉得浑身打起了冷战，似乎血液都要凝固了。她不想让自己往他那想，她觉得那是自己对他的一种不信任和不尊重，但还是控制不住。虽然报道中的肇事者用的是化名，但她还是断定，是郭玉恒。她抄起电话要给郭玉恒打过去，却半天在手机里找不到他的电话号码。她很气自己在关键的时候是如此不冷静，也恨自己把这种晦气联想到朋友身上，觉得实在对不住他。她想在第一时间从郭玉恒那里得到否定。她希望她的担心是多余的，是可笑的，是错误的。

短短的十分钟内，陶玉忘记这是第几次拨打郭玉恒的电话了。电话那端总是“您拨叫的电话不在服务区”这句令人讨厌的回应。她猜想着，也许郭玉恒的手机正好没电，正好没带备用电池，正好在睡觉没开机。也许她再打过去，他正好接了起来。她一遍一遍用手机和办公室的座机轮流拨打着，听到的回复一直都是冷冰冰的那一句。

陶玉不想再等了，她必须去事故组问个究竟。她快步走出调解室，急匆匆地使劲儿带上了门，以致用力太过，门被反弹了回去而敞开着，她都不知道。

陶玉几乎是冲进了郭玉恒的办公室，屋里有四位警官正和肖娜说着什么，见她进来都把目光投向门口。陶玉看了一眼郭玉恒的空位子，径直走到肖娜的桌前问道：“郭玉恒呢？他是不是出事了？”

屋里一下子变得安静了，所有的人都不说话。大家互相看看，又看着陶玉，那几双眼睛像是同时在问：你是队里的人吗？你是郭玉恒的什么人？你凭什么这么问？陶玉猛然间被这些人的眼神惊醒了：原来，在她心里，她是如此在意着郭玉恒……

郭玉恒从调解室出来，坐进了那辆脏兮兮的警车。真是觉得累啊，连续几天没好好睡觉，现在恨不得坐着都感觉头重脚轻。想必这警车也和他一样，经过这一路的长途跋涉也是疲惫得不行。他要赶紧去洗个车，让它也清爽一下。更重要的是，按照队里的规定，跑完了长途，他要把车送去保养。好在取车就不用他了，同组的小沈会去。这样他可以早点儿回家，舒舒服服地洗个澡，美美地睡上一大觉。

郭玉恒把车开出交通队大院，顺行向东开去。大约八百米处，就是洗车房。只可惜在马路的另一侧。下一个路口还禁止掉头，他必须再往前开两个十字路口才能掉头回来。

正值中午，路面上的车难得这么少。郭玉恒把车开到了快行道，眼看着对面的洗车房被自己甩在了后面，他也只好径直往前开。

郭玉恒开到第一个十字路口正好是黄灯，本可以赶在红灯亮时过去，他却鬼使神差地向左打了把，直接掉头。

只听得“嘭”的一声闷响，郭玉恒的车被一辆顺行右拐的白色宝马五系旅行轿车，以四十五度角的方向撞了出去。郭玉恒刹车已经来不及，只得任凭车辆被横挫了出去。而宝马车也由于反作用力，偏了方向，车头的右侧一方，刮倒了路边的安全护栏。顿时，宝马车的车头，变得面目全非。

这个郭玉恒已经熟悉得不能再熟悉的十字路口，今天却成了他的肇事地点。这个他曾经还是值班交警、在这里盯岗的十字路口，今天却由于他酿成了一起违章肇事的交通事故。他的一切，都被这起车祸，推到了十字路口上……

屋里的人不知道什么时候都走了，只留下肖娜跟陶玉谈论着郭玉恒。要不是陶玉把话问得这么直白，肖娜也许还会说郭玉恒在休假。这几天对于肖娜和队里的其他警员来说，都像是亲历了一场灾难。肖娜虽说心里惦记着，但不愿意主动去谈及这件事。

“他伤着了没有?”陶玉从网上已经知道宝马车的司机左臂骨折，坐在副驾驶的另一个人颈椎骨折，都进了医院。关于郭玉恒的消息，她却全然不知。

“他伤得不算太重，左腿和左臂有多处骨折。好在是撞在车的右侧，否则后果不堪设想。唉，只是那辆警车受损严重，几乎报废了。”肖娜无奈地摇着头，语调里充满了对郭玉恒无尽的惋惜。

“怎么会这样啊？他那天离开调解室的时候还好好的，还和我开玩笑呢。”陶玉还想着郭玉恒那天笑的模样，好像那笑声也在耳边回响着。

“他就是太累了。你想啊，他出差走的那天就刚下夜班，这么多天再赶长途，哪有时间睡觉啊！”一提这些，肖娜的心里着实地为郭玉恒难过。

关于事故经过的描述，陶玉已经听得太多太多了，每一次听当事人叙述的时候，她都会集中精力，调动每一根神经在脑海里重现事故经过和事故现场。今天她却拒绝这样。她怕想象出郭玉恒当时的样子，她怕听到那“嘭”的一声闷响，她怕重现事故现场那凌乱不堪的场景。她仿佛觉得，由于自己的又一次想象和重复事发经过，都会让郭玉恒再一次受惊吓，让他再一次感到懊悔，让他再一次陷入深深的自责。

肖娜望着眼前没有了平日里那股子灵气的陶玉，也不免怜惜起她来。也许，她们应该相互怜惜。她悄声地问陶玉：“陶玉姐，你是怎么知道的？”

“网上。”陶玉长叹了一口气。

“我猜也是。从队里知道他出事的那时起，就下了通知，不得扩散消息。因为事故性质相当严重，只有等上级的处理结果出来。”肖娜像是在解释那天她没和陶玉说实话的原因。

“这种事太敏感了，怎么可能包得住呢。网上有太多的人关注这件事了。我真有点儿后怕。你觉得会怎么处理呢？”陶玉从来没像现在这样觉得肖娜对她来说是那么关键和重要，她觉得她和郭玉恒都是队里的人，一定能预测出事情的处理结果。

“你别问我了，我不敢想，也不愿意说这件事。”肖娜低垂着头，双臂无力地搭在桌面上，右手的手指快速、机械地在桌子上敲打着，烦躁的敲打声显得格外地难听。

“大家都说，按照我们警员的处罚条例，郭帅这次够呛了。”

“够呛是什么意思？会是什么结果？”陶玉还是不死心，一个劲儿地追问。

“他的这身警服还能不能继续穿着，我，说不好。”肖娜说话的声音越来越小了，小到让对面的陶玉不得不把头探过来，靠近她。

陶玉起身要走，下意识地又往郭玉恒的座位望了一眼。很显然，没有人动过他的东西。他的办公桌上依旧很凌乱。他喜欢的新一期的《足球杂志》放在桌子左上角一摞文件的最上面。他用来喝水的杯子，敞着盖子，放在电脑旁。椅背上搭着他常用的墨绿色的毛巾。这一切都应该是他离开时的样子。“那天，他离开这里后，就去了调解室。”陶玉这样断定。那是她最后一次见到郭玉恒了。

“怎么才能联系到他？我能去看看他吗？”陶玉向肖娜提着要求，好像她掌管着郭玉恒的一切行动。

“你也别费劲儿了，我们都联系不上他。听队里的领导说，他现在谁也不见。”肖娜的话，让陶玉彻底死心了。

陶玉像脚踏着棉花，头晕沉沉地回到了调解室。推开门，她被屋里的何佳佳吓了一跳。何佳佳正在收拾着她办公桌上的东西。见陶玉进来，她热情地打着招呼。

“你出去了，陶玉姐？”

“你怎么这点来了？家里的事处理完了？”陶玉望着面前神清气爽的佳佳，觉得有点儿异样。

“我辞职了，已经去新单位上班了。今天下午有点儿时间，过来收拾一下我的东西。你和乔桥还好吧？乔桥呢？他没来吗？怎么一直没见他？”何佳佳看上去，心情好得不得了。陶玉似乎就没见过她现在的这种既放松又充满自信的状态。

“辞职了？怎么这么突然？”陶玉惊讶地问着佳佳。“看来今天令人觉得突然的事还真不止一件。”她这么想着。

“用我帮忙吗？”陶玉虽然嘴上这么关切地问着何佳佳，却没有什么实际的表示。她走到自己的位子上坐下来，竟不知道该做些什么。陶玉眼神空洞地盯着桌子上的计算器，双臂交叉在胸前，呆坐着。至于何佳佳那细嫩、轻快的声音一直在耳边响着，到底说了些什么，她一句也没听见，只是感觉何佳佳的影子一直在眼前晃动。

她能帮郭玉恒做些什么呢？陶玉想不出。

他要是普普通通的一个肇事者，也许她还能有机会帮他做点儿事。帮他分析案情，帮他去协调和另外当事人之间的处理结果，甚至去帮他跑各种理赔手续。她相信自己的能力，能处理好这样的一起事故调解。可眼下，她丝毫没有办法，丝毫没有能力去做这些。因为郭玉恒不是普通的肇事者。他是一名警员，是一名穿着警服的警员，他们有他们的组织和纪律。她即便是多么优秀的调解员，也不可能涉及他的案件。以往多少个案子在她为难的时候都会有郭玉恒来帮助她，今天，郭玉恒帮不了她了，她也帮不了郭玉恒。陶玉头一次在工作上觉得那么无助。同样是交通事故，郭玉恒却没有资格像其他当事人那样去走调解这条路。等待他的，只有他的组织对他的判罚。

“陶玉姐，陶玉姐。”何佳佳一声高过一声地叫着心不在焉的陶玉。

“瞧你魂不守舍的样子，是不是也接到调解室撤销的通知了？”何佳佳很显然是在谈论着跟自己不相关的事了。

听到何佳佳的问话，陶玉居然没有一丝反应。她稳坐在椅子上，依旧双臂交叉在胸前，只是抬起眼睛注视着面前几近欣喜若狂的何佳佳。陶玉犀利的目光，头一次迸发出对何佳佳的不满，甚至是厌恶。

“你干吗这么看着我啊！你那个朋友没告诉你吗？你的工资都是他开的呀，他怎么会不知道呢！”

何佳佳接下来和陶玉说的话，让她彻底崩溃了……

第二十一章

不是结局的结局

老朴在晾台细心地打理着他最得意的玫瑰海棠花。这盆被曲敏勉强留在这里的花，经过一个冬天和一个春天的花期，已经竭尽全力，最终还是凋谢了。老朴一边修剪着残败的花枝，一边暗自回味着这花给他带来的愉悦。不管是数九寒天还是料峭春寒，这盆玫瑰海棠都以它独有的花期给老朴带来了温暖和色彩。老朴不敢懈怠，要认真地做好接下来的养护，以等待它再一次的盛开。

陶玉约了他在他们常去的那家俏江南见面，他很是欣喜。他越发喜欢起那家店来。他还记得半年前，就是在那里，他看到了久违了的陶玉的笑脸和兴奋。如今，他就要和陶玉一起去旅游了。他们已经向着更稳固的关系迈进了一大步。他满足了。

陶玉先他到了餐厅，还是选了那张桌子，坐下来等他。老朴风度翩翩地走进餐厅，靠近陶玉，亲昵地在陶玉的头上拍打了一下："提前下班了吗？怎么来得这么早？"

陶玉没有看他，只是低垂着眼睑，给老朴倒上已经上好的普洱茶。

"怎么这么严肃啊！该出去玩了，还不高兴？"老朴已经从陶玉的眉宇间看出了端倪，他知道，他担心的事还是发生了。

"告诉我，你为什么要这么做？"陶玉仔细打量着面前的老朴，觉得眼前的老朴离她是那么近，近到能看清他鬓角的那几根白发；然而又离她那么远，远到她觉得他们的心根本就不曾相见过。陶玉感叹着：面对的这个人是那么熟悉，又是那么陌生。

"告诉我，为什么一个调解室说建立就建立，说撤销就撤销？仅仅是因为揽不到打官司的案子吗？当初是谁说的，要调解员努力工作，以此来缓解司法诉讼压力？这些说过的话，他们难道都忘了吗？"陶玉显然有些激动，她说的每一句话和每一个字都像是能把桌子上的茶具震得铛铛响。

“我知道你一直很用心、很辛苦地工作。”老朴怜爱地看着陶玉，想着后面要安慰陶玉的话。

“你知道还这么一直骗着我。”陶玉委屈的眼泪刷地流了下来，泪水顺着她的面颊“滴答、滴答”地落在她面前洁净的餐具里。

“你只是在用你的钱，买我的用心、让我自娱自乐，是吗？与其今天这个结果，还不如当初不让我出来、不让我从事这份工作！”自尊的陶玉终于爆发了，她好像从没受到过这样的屈辱。她对工作抱有的那份热情和真诚，一直被老朴和他的合作伙伴践踏着；她半年来的努力、辛苦与艰难早就被老朴的钞票着满了铜臭气；她仅有的那份高傲也已经被老朴彻底地踩到脚下，碾碎。

老朴被眼前的陶玉吓呆了。多年来，他见过她的欢喜，见过她的生气，见过她的忧郁，见过她的娇媚，却从未见过她今天这般委屈。陶玉无声地抽泣着，更像是对老朴无言的抗议。他的心被一阵阵地刺痛着。他不知道该怎么安慰她，更不知道该怎样跟陶玉解释他所做的一切。

“很抱歉，我不知道该怎么弥补你在金钱上的损失，可能你还要继续损失下去——新疆我不会去了，你把机票退了吧。还有，你今天的损失应该不会很大，只是个茶水钱。”陶玉看也没再看老朴一眼，站起身，头也不回地向门外走去。

老朴急忙结了账，追到了餐厅门口，眼见着陶玉上了一辆出租车。老朴知道，他已经很难追上她了……

陶玉和乔桥约好，一起到调解室整理自己的物品。之后，他们认真地给这间调解室，做了最后一次扫除。

陶玉情绪低落，一直默不作声，做着她平时早已习惯的动作。她依旧打开屋里的窗户和门，换着空气。她照例拿着水盆接了水，往地上拎撒着，为的是她在扫地的时候，不让地上的尘土扬起来。她冲洗了三次抹布，把他们的办公桌擦了一遍又一遍，就连座机电话的听筒和连线，她都仔细地擦拭着。有人从门口走过，她下意识地抬起头，向门口望去。她怕这会儿谁还会进来向他们咨询，又盼着谁能进来，让她最后再做一次调解工作。陶玉不想让乔桥看见她的眼泪，扭过脸去，拔掉了饮水机的电源插头。

乔桥把墙壁上的展板一一取了下来，叠摞在一起，他指着那面锦旗问陶玉："陶玉姐，这锦旗您带回去吧?"

陶玉头也不抬，回答着乔桥的话："就把它留在这吧，我想不出，它离开这里还有什么用。"

"别放这呀，那我拿走吧!"乔桥轻盈地蹬上椅子，把挂在墙上的锦旗摘了下来，卷好，放在自己的桌子上。

"陶玉姐，别不开心啊。来，坐会儿，我跟您说一件高兴的事，好吗?"乔桥像是要故意逗陶玉开心，拉着她，面对面地坐下来。

"你这愣头青，还看出我不开心了? 怪心细的。"陶玉被乔桥这么一说，不好意思地笑了。

"陶玉姐，我注册了一家专门处理、调解交通事故纠纷的咨询服务公司，想请您加盟，您看怎样?"

听到乔桥这么说，陶玉一脸的惊讶，半天没反应过来。

"您觉得怎么样啊? 从我们这半年来的工作上看，这个市场空间简直太大了。北京市五百万辆的机动车，很多人都会遇到交通事故这类的烦心事，他们一定需要我们这样的专业人士为他们提供事故后的服务。怎么样，我请您做公司的首席调解员，您来吧。”乔桥的这份认真劲儿，陶玉还是头一次看到。

陶玉看着帅气时尚的乔桥，想着他平时一副懒散、满不在乎的样子，很难把他和即将成立的公司联系在一起。

“我说小少爷，你成立了一个公司，还专门从事交通事故纠纷的调解？大姐问问你，你除了每天整理那些案件数量和卷宗，你独立调解过几个大案、难案呀？”陶玉存心取笑着乔桥。

“我猜您就得这么说我。我不在乎。我的工作就是了解和分析这个市场，看看市场的需求到底有多大。再有就是我要找到，不，是高薪聘请到您这样的优秀调解员。公司组建以后，我们还要好好地对服务人员进行专业的培训，让他们都成为您这样的调解员。这才是我该做的。”陶玉不敢相信，乔桥居然有这么奇特的想法和这么精准的判断。她不由得佩服起眼前的这个年轻人来。

“为什么是我？”

“一定是您。我们共事的这半年来，我算是看清楚了，要想做好这个工作，也许专业知识突击上个把月就没问题，但真正运用到实际的调解工作中去，那没有一定的工作实践和极强的责任感，是不可能达到您这样的水平的。关键是您有一颗善良、公正的心，这才是做好调解工作的法宝。”陶玉没有想到，除了郭玉恒，乔桥居然是最能看透她的人。

“怎么样，陶玉姐，别犹豫了，我们一起干吧。”乔桥真诚地邀请着陶玉。

陶玉久久没有回答，她觉得现在很累……

陶玉在超市里备足了家中的食物和必需品。鸡蛋，牛奶，面包，咖啡，香烟，还有茶。她拔掉了家里的电话线，关掉了手机，让自己安静地度过了七天的五一长假。

五月八号的清晨，她赖在床上，细细地分辨着窗户外边那些她早已熟悉了的声音。

小区里汽车的过往声，忙碌行走的脚步声，还有那些唠叨的妈妈们催促着上学的孩子的声音。当然还有拾荒者翻动楼下垃圾桶的声音，以及那卖水果的老汉唱歌一般的“甜草莓嘞”的叫卖声。

陶玉跃身蹦下床，开始了她的“清晨交响曲”。今天她要出去走走，至于到底要去哪，就连她自己也说不清。

陶玉化好妆，在门前的鞋柜里找出了跟她的真丝连衣裙很是相配的桃红色亮漆皮鞋。她一边换着鞋，一边打开了手机。

几天下来积攒的短信提示音像小钢炮一般，噼里啪啦地轰响着，简直要把她的手机炸翻。节日问候短信、广告短信、出行安全提示短信一并涌了上来。

乔桥的短信内容还是那么自信，“陶玉姐，我相信，我们还能是同事。开机后电我。”陶玉会心地笑着，翻看着下一条。

“你好吗？方便见你吗？”陶玉的眼睛顿时湿润了。是郭玉恒。

她反复看着郭玉恒的这条短信，尽量平复着自己的情绪。这时，她的手机铃声响了。陶玉没顾得上看清来电号码，赶紧按下了接听键。

电话的另一端传来了老朴那特有的赋有磁性的声音。“陶玉，你终于开机了。我在你家的楼下。”

陶玉没有说话，只是拿着电话站在原地这么听着，直到电话里传来了“嘟嘟嘟嘟”的声音。

陶玉定了定神，打开了房门，向外面走去……

图书在版编目（CIP）数据

玫瑰海棠／石金沙，费宇梅著．—北京：群众出版社，2013.6

ISBN 978－7－5014－5130－2

Ⅰ.①玫…　Ⅱ.①石…②费…　Ⅲ.①长篇小说—中国—当代　Ⅳ.①I247.5

中国版本图书馆 CIP 数据核字（2013）第 099877 号

玫瑰海棠

石金沙　费宇梅　著

出版发行：群众出版社
地　　址：北京市西城区木樨地南里
邮政编码：100038
经　　销：新华书店
印　　刷：北京蓝空印刷厂

版　　次：2013 年 6 月第 1 版
印　　次：2013 年 6 月第 1 次
印　　张：7
开　　本：880 毫米×1230 毫米　1/32
字　　数：220 千字

书　　号：ISBN 978－7－5014－5130－2
定　　价：22.00 元

网　　址：www.qzcbs.com
电子邮箱：qzcbs@sohu.com

营销中心电话：010－83903254
读者服务部电话（门市）：010－83903257
警官读者俱乐部电话（网购、邮购）：010－83903253
文艺分社电话：010－83901330　　010－83903973